U0915195

万有文化
岂止于书

可不可以不上班

李鲆——著

金城出版社
GOLD WALL PRESS
中国·北京

图书在版编目（CIP）数据

可不可以不上班 / 李鲆著. — 北京：金城出版社有限公司, 2021.9

ISBN 978-7-5155-2256-2

Ⅰ. ①可… Ⅱ. ①李… Ⅲ. ①散文集－中国－当代
Ⅳ. ①I267

中国版本图书馆CIP数据核字(2021)第165540号

可不可以不上班

作　　者　李　鲆
责任编辑　王寅生
责任校对　岳　伟
开　　本　880毫米×1230毫米　1/32
印　　张　9
字　　数　150千字
版　　次　2021年9月第1版
印　　次　2021年9月第1次印刷
印　　刷　天津盛辉印刷有限公司
书　　号　ISBN 978-7-5155-2256-2
定　　价　49.00 元

出版发行　**金城出版社有限公司**　北京市朝阳区利泽东二路3号　邮编：100102
发 行 部　（010）84254364
编 辑 部　（010）64391966
总 编 室　（010）64228516
网　　址　http://www.jccb.com.cn
电子邮箱　jinchengchuban@163.com
法律顾问　北京市安理律师事务所 18911105819

策划手记

以八卦手法揭秘职场规则

要求员工午饭时间必须关电脑的极品老板；跟上司拍桌子准备走人却意外得到升迁的职员；各种怪癖的同事；坐在门口的新人；在地铁上挤得半死时，讲笑话苦中作乐；怀才不遇的心情；跳槽落空的惶惑；对打卡、开会、加班的痛恨……

在《可不可以不上班》这本书里，李鲆充分发挥了他的八卦才华，为读者展示了一个真实、生动和有趣的职场江湖。

这些职场里的人和事仿佛就发生在我们身边，亲切、温暖、幽默，还有一丝丝的悲凉。

不一样的职场，有着同样的欢笑和泪水

读这本书，常常会让你不由自主地以身代入，把他的某篇文章与自己或者身边的某个熟人联系起来，觉得那就是自己所经历或者亲眼看到的职场故事。

而事实上，作者李鲆与我们的生活可能并无交集，他只是写出了大多数人普遍的职场生存环境，触及了人们在职场的种种悲欢、挣扎和身不由己。

“不一样的职场，有着同样的欢笑和泪水。你的故事就是他的故事，是我们大家的故事。从别人的故事里，我们能够感同身受，得到情感的共鸣以及经验和教训。”这正是本书最能打动读者的地方。

李鲆职场经历复杂，他自述“当过教师、公务员，从事过出版、传媒、IT 及公关营销，做过自由职业者，也当过小老板，见过职场百态，历尽人情冷暖，遂有此书。”

《可不可以不上班》这本书也因此超越了具体的职场环境，更具普遍意义。

职场元规则，理性平和健康的心态对待

无论是国有单位，还是外企或者私企，上班族总是会遇到相同的困境，会有相似的故事和心情。比如人浮于事往往被认为是国有单位的弊端，作者却发现，即使在私企、外企里，也不乏“装着很忙”的混混儿，也有各种人际关系的消耗与平衡。

李鲆的处事态度是，对这些，如果无力改变，不如以平常心处之。

这本书的意义并不仅限于此。

它以精彩的故事为载体，讲述了很多职场规则——有些是隐秘的，有些则因浅显而被人忽视。

比如，上级是一个人职场里的特殊资源，而且是最重要、最有用、能起决定性的资源，如何管理上级也是一门学问；

比如，外行领导内行是职场常态，而且也未必全是坏事；

比如，不需要过于琢磨职场潜规则，让自己变得有用、有价值，才是决定一切的职场元规则；

比如，做事拖拉未必全是员工的问题，领导也需要负很大责任，需要从自身找原因；

比如，优秀员工容易获得升迁机会，但有了更高的职务后，他原有的能力就不能胜任新的岗位，也就是说，每个人都不称职；

比如，职场里固然需要埋头拉车的老黄牛，但其他各色人等也都有其存在的价值和理由，谁也不比谁没用多少……

这些规则不仅简洁犀利，平易实用，更重要的是，教你理性平和，能让人以更积极健康的心态来对待职场，有益身心健康。

上班？不上班？《可不可以不上班》找答案

你为什么要上班？是因为喜欢？迫不得已？还是习惯？

如果你每个月都有那么二十几天不想上班，那可不可以干脆不要上班？如果必须上班，该怎样既求上进而又能平安喜乐？

读完此书，你也许能找到答案。

知名作家韩松落说“上班，是为了有一天不上班。为了让这一天早点到来，应该读读《可不可以不上班》。”

有意思的是，李鲜自己，现在，终于，不再上班。

徐宏丽

自序

可不可以不上班

金城出版社要出版《可不可以不上班》，我又是开心，又是感慨。

2004 年，我开始写一个叫“职场动物”的专栏。到 2012 年，华夏出版社选了部分稿子结集出版，名为《干吗要上班》。

2004 年到 2012 年，这 8 年间，发生了很多事。我终于离开小城和体制，去了北京，又先后跳了几次槽，以至于我在某报的专栏名字都改成了“跳槽指南”。

2014 年我离职创业，这个专栏还接着写了半年。这本《可不可以不上班》，就是从“职场动物”和“跳槽指南”系列中精选出来的。

回头看看，我 18 岁就参加工作，做打工人 21 年；到 39 岁开始白手创业，忽忽又是 7 年。看这些稿子，觉得时光如流水，“哗”地一声，就过去了。

实事求是地说，我上班时跳过很多次槽，换过很多个岗位，做得都算不错。这本书里，记录了职场的酸甜苦辣，也在尽力给出解决方案，对打工人还是有用的。

2019 年，我创业第五年，开始动手写“多赚一倍”系列。这个系列是写给创业者的，计划用 5 年时间写完 10 本。目前已经出版的有《多赚一倍》《模拟成交》《实体店这样做就能火》《都是套路，微商这样做就赚钱——微商文案手册》。

我 18 岁参加工作，在一个山村小学教书。当时并没有觉得条件艰苦，反而为“跳出农门”而欣喜。

那时我并不知道，我可以去镇上工作，可以去城里（虽然是小城）上班，可以去北京，然后选择广州定居。

那时我并不知道，我竟然能跳八九次槽，竟然能做过十几种工作，竟然能自己创业。

就在 2014 年，我开始创业，我也并不知道，我可以做到现在这样: 培训过上万名创业者，一对一做个案咨询，有 1000 多个;我创办了跨界创业社群创读会，付费会员有 1000 多名。差不多每两年，我会上一个台阶，进入更好的圈子。

可不可以不上班? 我想看到这里，你已经有了答案。你可以上班，也可以不上班。人生不必设限，有无数种可能，你都可以去尝试。

而我始终确信，一个人，只要足够努力、勤勉，就一定能超越自己的出身，不断逆袭。

最后，特别感谢金城出版社的编辑部主任李铁武，我们是多年的朋友，我创业以来给了我很多帮助和支持，并且要不断忍受我的急脾气和吹毛求疵。太不容易了。

目 录

chapter 1

第一章

上司管理学

上司管理学

Man Group 公司（一家全球另类投资管理公司，总部在伦敦）总裁彼得·克拉克有言：“你不必去喜欢和尊重你的上司，你也不必恨他，然而你确实必须去管理他。这样他才会成为你达成目标、成就个人的资本。”而在我们这里，根本没有人敢这么说。我们一直强调的是上级管理下级，下级服从上级。曾经见过一本奇书《服务领导的艺术》，不只是服从，还要服务（包括衣、食、住、行、喜好和子女等），而且把服务上升到艺术高度，真是让人叹为观止。

但克拉克所言的确没错。把与一个人有关的所有人、财以及物都看作是此人的“资源”，而他管理资源的能力高低也就决定了他成就的大小，那么上司也就可以被看作是一种资源，而且是职场中最重要、最有用、常常能起决定性作用的资源。

一个人可能不需要管理下级——比如他本身就处于职场金字塔的最底端，没有下级可以管理——却不能不管理上司。因为每个人都有上司，普通员工的上司是部门经理，部门经理的上司是总经理，总经理的上司是董事长（这只是一个基本的权力构架，实际上还可能划分为许多级别，比如副经理、业务主管、副主经理等等）。董事长似乎是最大了，但他需要向董事会负责，董事会就算是他的上司。

但问题在于，人人都需要管理上司，但是上司该如何管理，却很少有人认真琢磨过。而且，由于上司比你的地位高（这不废话吗？），所能支配的资源通常也比你多，处理各种事物的经验比你丰富，你要管理他，就比管理下级要困难得多。吴维库曾在一本书中列举过管理上司的办法，大概是：了解他也让他了解你，帮助他完成目标，永远推崇他，在合适的机会批评他，尽可能夸奖他，一定不要威胁到他。这方法算是中肯，可惜失之过简，实际操作性不强。我一直在留意有没有专门的管理上司的著述，但起码在我的阅读范围内没有发现。

在我们这里，各种管理下级的书满坑满谷，上司管理学却是一书难求，真够让人失望的。上司会愿意被你管理、被你掌控吗？如果真有这类书，估计你也是像黄书一样在家里偷偷地看，而不敢正大光明地带到公司，摆在电脑旁边。我甚至在怀疑，此刻你一边读这篇文章，一边在留意，会不会被上司或是同事发现……

常听有人发这样的牢骚，某某不学无术，什么事也做不了，和同事的关系也很差，但就是让头儿喜欢，结果加薪升职，一路顺风顺水。而自己这样埋头苦干的，成绩突出的，却总是不入头儿法眼。不用说，那个某某，一定精通上司管理学；而发牢骚的这位，对这门学问一定生疏得很。

当上司成为绊脚石

假如你在一个位子上待了很久，工作也不错，却一直不能升职。你分析来分析去，觉得原因不在于自身，而在于你的顶头上司，那个资质平庸、安于现状的家伙。他许多年来一直原地踏步，一直尸位素餐，他占着茅坑不拉屎，占着位子不腾地儿，别人自然也没办法上来。他是你前进路上的障碍，是你的绊脚石，只要有他在，你就别指望在职场上大有作为——那么，你该怎么办？

选择一：花钱雇佣个杀手，一枪打爆他的头。——算了吧，还是放弃这种想法吧。没事幻想一下倒也无所谓，而且说不定很刺激很解气。但是，千万别当真去实施。且不说太血腥太暴力太没人性，这风险也太大了。你没看有多少新闻说副职雇凶杀正职，最终被法办？升不了职就罢了，把身家性命全赔进去，不值。

选择二：处处跟他作对，拉帮结派拆他的台，造他的谣，到他上司那里告他的黑状，让他做不下去，自动或被动滚蛋。——也不大靠谱。须知杀敌一千自损八百，你跟他斗来斗去，影响业绩和单位形象，自己也受损失。其结果很可能是，他被老板炒了鱿鱼，你也得卷铺盖走人。

选择三：努力配合他做好各项工作，做出成绩来。在各个方面突出他，让他引起更高层的注意，力促他升迁。——他升迁之后，你接替他岂不是顺理成章？而且，他到了更高的位子，作为他从前的亲密战友和得力助手，他对你能不照顾吗？

选择四：联系猎头公司，帮他找一个更好的公司，有更好的职务和收入。他走人，你替补。——这跟第三种方法有异曲同工之妙。区别可能在于，你在本单位少了些支持，但他有了新的圈子后，会有新的人力资源，于是他的人力资源也就成为你的人力资源。当然前提是，你要跟他维持不错的关系。

有个做副经理的哥们儿选择了四。因为他反复权衡，觉得自己的上司在本公司升迁希望不大。不过，最终结果很让人哭笑不得：他用了大半年的时间和精力，好不容易才促成经理跳槽到另一家公司，以为自己该顺理成章当上经理了，没想到来了一个“空降兵”——总公司很快派来了一位新经理。这下子，升职更是无望，而且跟新人共事，也远没有原来的经理那样默契和顺手。

这哥们最终也选择了跳槽。

跳槽其实也是一种选择。如果你觉得在这个环境里，你已经无法施展难有发展，而且你对自己有足够的自信，那不如干脆换个地方好了。

世界很大，与其竞争，不如开拓。

我们的极品老板

朋友公司的老总，是个颇具环保节约意识的人。每天中午，半个小时吃饭时间，一定要求关电脑——不只是关闭显示器，而是要求连主机一起关掉。我不知道关机半个小时可以省多少电，但总觉得，这一关一开，似乎也不少费电，对电脑损耗也不小。而且，工作餐有十分钟左右也就吃完了，剩下的时间，大家只好面面相觑。如果没有这规定，起码会有一些人，吃完了饭就马上去工作吧?

另一个公司的老板，就绝不舍得浪费员工的工作时间。该公司不是朝九晚五，而是朝九晚六，理由是，中午有一个小时吃饭时间。如上所述，吃工作餐十分钟也就够了，公司起码占了员工四五十分钟的便宜。这还不算，他老人家总是在马上要下班时通知“开个短会”，而这所谓“短会”往往要开一个多小时。资本家啊，太擅长算计了。

此人还有更过分的事，就是会随时打电话给你，讨论工作的事，哪怕是深夜也是如此。如果你不接电话，或是关了机，他次日一准儿会找你谈话：公司补助了话费，所以要随时保持通讯畅通。曾有人据理力争：“我下了班就是自己的时间，单位没有给我加班费，所以我有不接电话和关机的权利。”结果可想而知，这位勇士被炒了鱿鱼。

还是这位老板，有一天大发善心，说到周末了，这周大家都很辛苦，一起出去吃饭吧。按常规，这顿饭应该是老板买单是吧？结果却是，账单送上来后，他掏出手机来算了半天，然后说："这顿饭一共花了 690 元，我们 9 个人，我吃点亏，出 90 元；你们 8 个人，每人给 75 元好了。"此言一出，估计他的祖宗八代已经被那 8 个人每人轮番问候了一遍：要 AA 早说啊，早说 AA，谁还会巴巴地来跟你吃饭？

所谓好老板总是相似的，极品老板却各有各的不同。

话说某公司有前台和行政，老板（一位中年妇女）却一定要拿着楼下信箱的钥匙，每天亲自去取信件，再分发到各位同仁的手上。你如果有些私人信件，或是汇款单子，或是网上购物之类，都难逃她的法眼。如此一来，人人自危，只好改换通信地址。偏偏她还好奇得很："小张，最近怎么一直没见你男朋友给你来信？分手了吗？"

另一位极品老板，是位爱猫人士，家里养猫不说，还把公司当成了流浪猫收容所。于是，办公室就充满了猫味儿，你正在工作时，说不定就会有哪只猫跳上你的膝头，或是到桌子上与你深情对视。有些人能忍，但有人对猫毛过敏，以及受不了猫的体味的，就只好辞职了事。

好老板传说

在每个人的职场生涯里，大概都是坏老板满坑满谷，好老板凤毛麟角。我们很少能遇到好老板，只是偶尔能听到关于好老板的传说。

京城有家川菜馆，员工全部来自天府之国。服务行业，节假日是肯定要加班的，春节也不例外。这本来是行业性质决定的，员工也没有什么可抱怨的。但这位老板的做法就十分人性：加班自愿，不愿意加班的可以回家过年。愿意加班的，除按有关规定给加班费外，还有一项特别福利：请员工的父母到北京过年，公司报销往返飞机票。能有这样贴心的举措，算不算好老板？

说到加班，我的一位前同事曾经深情地回忆起她的前老板，说那时只要大家加班，老板就一定会陪着，而且一定会请大家吃饭。如果实在有事不能陪大家，也会交代他们出去吃饭时开个发票，回来报销。特别说明一下，她当时待的是个小公司，薪水很低，加班也没有加班费。老板只用一顿饭就收买了人心，何其价廉。不过，这也说明，好老板是何其稀有啊。对比一下那些理直气壮逼员工加班，加班费、误餐费和交通费一概没有，还动不动以开除相威胁的老板，这一位，也算是好老板了。

有人的美好是回忆，有人的美好则是现在。我的一位朋友就说，她现在的老板已经是好老板，因为老板从不骂员工，还会对员工使用“请”“谢谢”“麻烦”之类礼貌用语。这理由乍一听很搞笑，但是你要知道，她在上一家公司时，老板开会就是拍着桌子骂娘，对所有下属从来没有好脸，以至于大家一见到老板的身影，一听到老板的声音，就心跳加速，两股战战……

我当年在行政机关的时候，曾就某项工作去征求新来的主管领导的意见。结果其人笑眯眯地说了这么一段话：“小李啊，工作的事，你还需要问我吗？我相信你是绝对内行，比我精通的多，你觉得该怎么做合适，就去做好了。领导不是做具体工作的，是给同志们做后勤保障、解决困难的。你个人有什么困难，家里有什么困难，一定要对我说，我们对优秀的同志，一定会尽量照顾。”虽然我也没有什么事需要麻烦领导，但是我得承认，听到这一番又是夸赞又是表扬的话，那真是，“一股暖流涌上心头”啊。

总结一下，其实作为弱势群体的打工一族，对老板的要求并不算高。只要这老板通情理，不苛刻，体恤人，能担责，也就是说，有点正常的人味儿，就算是好老板了。

但即使是这样的低标准，符合的也太少了。

大土豆有大烦恼

某知名跨国公司，一位普通女职员怀孕，从怀孕开始就迟到早退隔三岔五请病假，然后又结结实实地休了半年产假，产假结束上班，还是以要照顾孩子为由，理直气壮晚来早走。主管对她也无可奈何，怀孕期哺乳期妇女受法律保护，不能随便辞退，等人家孩子再大点，人家说不定还想另觅高枝呢。

还是这家公司，一个主管，已经 38 岁高龄才怀了头胎，但仍然兢兢业业事无巨细，甚至人都躺到产床上了，还要打电话到公司，询问某个项目落实情况。坐月子期间，还天天在工作群遥控指挥，也不怕落下什么病根儿。最强的是，当她得知公司可能派某人代理她职务的消息后，立马抱着女儿，打“飞的”从老家赶回北京总部。

到了这份儿上，其实也就能想明白，她并不只是敬业，还有压力，有恐惧，担心自己稍不留神，稍一松懈，位子就给人占了。

身为职场大土豆，虽然看上去比芸芸小土豆众生要威风得多、光鲜得多，常让小土豆们羡慕、仰视，甚至有取而代之的心思，但是大土豆有大烦恼，却也不是小土豆们所能体会和理解的。

大土豆管的事更多压力更大。大土豆夹在小土豆和更大的土豆之间，需要上下平衡，需要更强的协调能力。大土豆对下属的心思很矛盾，既想让他们个个是超人（因为说到底，小土豆们的成绩就是大土豆的成绩），又怕他们做得太多成绩太大功高盖主自己就不大好混。还有，小土豆们觉得不爽了可能马上拍桌子走人，大土豆恐怕就得一忍再忍，不敢轻举妄动。因为适合小土豆的职位车载斗量，适合大土豆的职位就少之又少。你想想就能明白，一个公司，普通员工有多少？高管才有几个？

更高的职位，意味着更多的责任，更大的麻烦。所以，绝大多数大土豆，都是兢兢业业，不敢松懈。上面那位抱着孩子上班的 IT 主管是一例，我从前的公司副总又是一例：我们当时工作时间是早九晚六，他老人家早八点就到，晚八点还不一定走，单以考勤论，绝对是公司最优秀员工。

大土豆有大烦恼。想做大土豆，你准备好了吗？

外行领导内行

这种事，太正常了。

有人认为外行领导内行是国有单位的弊端（或者特色），其实并不尽然。如果你有足够的职场经验，你就会发现，在私企和外企里，外行领导内行的情况也很常见。

究其原因，不外乎一个人担任某个职务需要种种机缘，往往需要各种考量和平衡，有时不得不委曲求全或是瘸子里面挑将军。在某私企里，某人之所以当上副总，因为他是大老板的小舅子，你怎能指望他是个内行？

还有，某个具体的职位，涉及的工作面可能很广，在这个职位上的人就是再英明神武，也不大可能在各个方面都是内行。某公关经理工作很出色，升任公关总监，在他原来的业务范围内他是绝对内行，这不用说了，但是总监的工作范围比经理的大多了，在新的领域里，他就是个外行。

特别是在某些需要术业有专攻的领域，比如科研、程序开发之类，每一个具体的从业者都是内行，领导外行几乎是绝对的，区别只是程度深浅而已。某游戏公司 CEO（Chief Executive Officer，首席执行官），可以把企业做到上市，不能说人家无能；但对公司里具体负责开发游戏的程序员来说，他肯定是个外行。

外行领导内行，当然会有很多弊端。外行领导对整体工作很难有科学合理的统筹考虑，安排起来难免顾此失彼，含混不清，作为下属往往需要多做许多无用功。外行领导对工作性质、工作量和工作难度缺乏准确概念，也很难知道具体某一个下属的真正价值，很难有合理的考核回馈机制，会大大损伤能人的积极性。

甚至，外行领导会压制内行下属，以免对方抢了自己的风头，在自己的上司面前暴露自己的无能；或者本是外行却以内行自居，自信满满地瞎决策，瞎指挥，出了问题再让下属替他担责受过。

在这种外行领导内行的单位或部门里，偷懒耍滑、做表面文章的人会越来越多，推诿扯皮、效率低下会成为常态，真正能做事、愿意做事的人会束手束脚，无法发挥自己的能力，甚至被逼走人。

不过这倒也不是绝对的。因为领导最重要的是管理，是让合适的人去做合适的事，并给予合适的回报，而不是必须自己事事亲力亲为。颇有些人虽是外行，但是能辨清谁是真正的内行，能放手让内行做事，并给予充分的尊重和优厚的回报，照样可以有好的业绩。内行在这样的外行手下做事，也会觉得很舒服。

我一度十分痛恨遇上外行领导，后来想明白了，外行领导内行其实是职场常态，没有必要为此上火。人家既然可以爬到领导岗位，说明必然有些方面比自己强，自己在具体业务上是内行，实在没有什么可骄傲的。跟外行领导也一样可以和平共处，可以发挥自己的能力，做出好的成绩。如果外行领导实在让人无法忍受，不妨考虑跳槽。

混同于老板

某人新添置一套香奈尔，得意扬扬穿去上班，却意外发现，老板也穿了一套同样的行头，连颜色都一模一样。一不小心就混同于老板，可真是够郁闷的。此人一整天都如坐针毡。估计老板心里也不痛快，只见她一头钻进自己的独立办公室，整整一天都没有出来。

老板当然从此再也不穿那套香奈尔，此人也一样。只是每每打开衣橱，看到那套可怜的衣服，就忍不住心疼兼牙根发痒：花了自己几千元，只能闲置着，没有丝毫用武之地——凭什么呀？就凭跟自己撞衫的是老板？

站在老板的角度想一下，自己竟然和员工穿一模一样的衣服，哪还有地位和身份可言？如果有可能，大概许多老板都会愿意设计出一套等级分明的制服来，员工按不同职位穿不同的衣服，什么身份一目了然，再也不会发生与老板撞衫的事件——啊不，应该是事故。

当然，这只是幻想罢了，除了某些特殊行业，普通公司根本不可能实现。

不过办法也还是有的。某公司要求员工在工作时间一律着正装，老板自己却是休闲服、休闲鞋，对比之下，颇有鹤立鸡群的惊艳效果。这也算是一种特权：他大权在握，尽可以要求别人如何着装，但谁有资格对他穿什么指手画脚呢?

事实上，只要你稍微留心一点就会发现，已经有越来越多的所谓“成功人士”爱上了休闲范儿。真没办法啊，这年头，连上门卖保险、推销信用卡的人都西装笔挺，逼得这些人只好走休闲路线了。话说某美女成功地从一堆青年才俊里把一位钻石王老五给甄别出来，就是因为，那天是工作日，别人都穿正装，只有他，穿的是休闲服。

比较悲惨的是某知名网络公司的老板。众所周知的是，做IT的人，自由散漫惯了，大都是把短裤拖鞋当工作服（我还见过有人穿了一双洗澡用的拖鞋去上班的），他老人家还能休闲到什么程度? 总不至于脱了衣服当“膀爷”吧?

无奈之下，这位老板只好天天穿西装、打领带，皮鞋锃亮，裤缝笔直，才不至于泯然于众员工。

可怜他老人家身家以亿计，年纪也颇有一把了，这身打扮，却活脱脱是一个“扫楼”的业务男。

押上一宝

某知名公司有一位副总，过的完全是神仙日子。他的职位和薪水都很高，权限和各种待遇除大老板外无人可比。但大老板一天到晚殚精竭虑一脑门子官司，副总却几乎不用做什么实事，只需要请（或陪）与公司有关的各路人马去参加吃喝、洗桑拿、打高尔夫球等各种愉悦身心的活动，美其名曰“公关”。“公关”无论花多少钱，自己大笔一挥就可以报销，大老板都不带审核的。

据说此人学历很低，没有专业技能，也没有什么管理才华，除了吃喝玩乐跟人联系感情，做不了别的什么。但他是大老板创业时的合作伙伴——这是官方说法，其实当初他也就是老板的马仔——跟大老板一起创业打江山的，而且是那帮老兄弟里硕果仅存的一个。更重要的是，他对大老板有恩，是公司的功臣。当时公司一度资金困难，大老板求告无门，几乎要撑不下去了。是他卖了自家的房子，又借遍亲戚朋友，帮大老板渡过了难关。如果没有他，公司可能在当时就破产了，根本走不到今天。现在公司不差钱了，大老板要给人家回报，于情于理，谁能说不应该?

当你的公司遭遇重大危机时，你是及早抽身而去成就自己的海阔天空，还是咬牙坚持与公司共荣辱？绝大多数人，恐怕都会选择前者。自己不过是个打工的，出卖劳动力换回养家糊口的散碎银子，没有必要为了某个公司押上身家性命。

但也会有极少部分人选择后者。其原因，可能是和领导者有着兄弟般的情谊，可能是共同的目标和价值认同，也可能是想押上一宝：在一个稳定的“正常”公司里，往往有了层层等级，你很难一跃进入高层。但是在公司遇到危机时，如果能扛到最后，能尽可能为公司奉献牺牲，等到公司做大做强了，自然不会亏待元老、功臣。

但问题是，遇到危机的公司很多——特别是对于创业公司更是如此，真正能渡过危机，做大做强的才有几个？有许多只是半死不活地撑着，你付出了很多，看不到回报，想走又不甘心；或者你的耐心和信心还未消退，公司却已经倒闭了，这种事也是很常见的。

话说某人在公司遇到困难时，也像本文开头这位副总一样倾其所有投入公司，但公司最后还是关张大吉，他投入的钱也没有了着落。他没有了工作，还要应付那一堆讨债的，真是太惨了……

说到底，这就像是一场赌博。你想得到的更多，就必然要付出更多，必然要冒更大的风险。像韦小宝那样的人，愿意来几把大的，赢就大赢，输就大输。大多数人没有韦小宝的赌性，而且就是想赌一把，想想下个月的房租，想想结婚的酒席或是孩子的学费，也马上消了这危险的念头。

我们输不起，我们不敢赌，所以，我们只能按部就班，做最凡俗的朝九晚五族。

顶撞领导的后果

王胖子在微信上说，他终于忍无可忍，跟公司主管吵了一架。刚吵完他就后悔了——干吗不早点吵啊！他说他从来没有想到，顶撞领导是一件如此舒心的事，在胸中郁积多时的怨气一泄而出，顿时感到神清气爽，连呼吸都畅快了许多。

王胖子说，跟主管吵架的那一刻，他眼里噙满了激动的泪水，心中有着万千感慨："这些年来，我一直过的是什么日子啊，兢兢业业踏实苦干还要任劳任怨，在外行的指手画脚下忍气吞声委曲求全……我一直觉得自己过得太压抑太沉重太痛苦，直到今天才领悟到什么是快乐和幸福的真谛，那就是顶撞领导啊……"

这场闹剧的结局是：主管大怒，用力拍桌子；王胖子更加用力地拍，然后拂袖摔门而去——出了门就龇牙咧嘴，不住地往红肿的手上吹气。

我问："我记得你说过，你们公司有个变态规定，员工不得顶撞领导，顶一句扣 30 元，顶两句扣 100 元，顶三句立马开除。你怎么还敢跟主管拍桌子？真不想干了？"

尽管是在网络的那端，我还是似乎听到王胖子豪情万丈地哈哈大笑："我怕他做甚！大不了我换个地方！要不干脆回家做 SOHO（Small Office Home Office，居家办公，大多指自由职业者）去！”

真佩服王胖子的勇气，不过还是有点替他担心。

过了几天，朋友的公司要招人，我想起了王胖子，觉得他各方面都挺合适的，又刚顶撞过领导，估计处境不大好，就打电话过去：“胖子，最近怎么样？换地方了没？”

“没有啊，还在原先的公司呢。”

“啊？你没有被炒鱿鱼？那你们主管有没有给你小鞋穿？”

王胖子哈哈大笑：“怎么会！现在主管就是我，我怎么会自己给自己穿小鞋？哈哈哈！”

王胖子说，他跟主管吵完架后，原本已经做好了卷铺盖走人的准备，不料经理却忽然找他谈话，说刘主管（就是跟王胖子比赛拍桌子的那位）要外出学习三个月，回来后另行安排工作，让王胖子先代理主管职务。不久，就下发了正式的任职通知。

据王胖子私下调查，经理在某非正式场合就此事发表评论：“小刘业务水平差也就罢了，连一点领导艺术都不懂。怎么能让下属跟他拍桌子大吵大闹呢？特别是小王这样的资深业务骨干，难道还能当真罚款、开除？就是他自己撂挑子消极怠工，对公司都是重大损失。干脆提拔起来，让他负责全面工作吧。不过小刘是某某领导介绍来的，也得妥善处理好。他不是一直想出去学习吗？正好出去一段，避下风头，等他回来换个岗位好了。”

我忍不住也哈哈大笑，然后对王胖子说：“我真服了你们领导了，他可真有领导艺术。至于你，现在也算是领导了，也要向你们领导学习点领导艺术，千万别让下属跟你拍桌子啊。”

报销

“记着开发票回来，我给你签字报销。”

那时我刚到这家公司，还没多久，跟大家还不熟。这天下班时，无意中说了一句“晚上要请朋友吃饭”，让老板听到了，他随即就来了这么一句。我心中大奇，直怀疑自己的耳朵：我是朋友私人聚会，又不是请客户，公司凭什么要给我报销啊?

后来才知道，这句话其实是老板的口头禅。公司里不管是谁，不管是买什么东西，也不管那东西是贵是贱，是公是私，他都会叮嘱这么一句。而且绝对不是客套，只要你开了发票回来，他扫上一眼，就会爽快地签字。有时你没开发票，他还会提醒你去补开一张。

这自然让人很爽。你一个月薪水多少福利多少，基本上是固定的；就算有加班费啦，绩效工资啦，那也得你付出精力和时间才成；但报销，却完全是不劳而获的，钱花了还能再回来，等于变相涨了工资，多么美好的事情啊。

被拒签的事，也不是没有，但是很少，而且大半是当事人不懂规矩。通常办公器材、文化用品和招待费之类的发票都没有问题，但是有位兄弟居然把买安全套的发票也拿来报销，老板爆笑，然后告诉他：“你去换张发票，改成健身器材好了。”

这事儿成了我们公司的笑柄。

这老板隔三岔五还会请大家吃饭、唱歌、出去旅游。当然，都要吩咐财务开发票，报销。

后来，老板决定自己创业，有许多手下就跟了过去——像这样一个豪爽大方的、体贴入微的、连安全套都肯为你买单的老板，你不跟他，还想跟谁?

但是——我不禁要感慨，如果没有但是，生活是多么美好啊。但是那些跟着跳槽的同事，后来都牢骚满腹。原来老板自立门户后，就像换了个人，对报销十分严格：所有支出，事先需要申请；发票拿过来，还要细致地审核半天。比如请客户吃顿饭，要详细询问在哪家酒店，几个人，点什么菜，什么酒水，然后告诉你，下次到哪里可以少花钱多办事。言下之意，你若不是虚开了发票吃空额，就是没有办事能力。这样一张发票签下来，当事人往往会汗流浃背，像过了一趟鬼门关。

其实这事儿也很容易理解。他以前虽然也是老板，但老板上面还有大老板，公司上面还有总公司，公司是别人的，自己只是个高级打工仔，自然乐意慷公司之慨收买人心；但现在，公司是他自己的，他的私人财产，当然要看紧了。

所谓此一时，彼一时。许多时候，一个人之所以变了，并不是因为他自己的原因，而是因为环境变了。

加班文化都是流氓文化

小艾说自己最近准备跳槽，要我帮她留意有没有合适的下家。

“干吗要跳槽？你不是一直对这份工很满意吗？”我问。

“你是不知道啊，公司新来了一个CEO，倡导奉献精神、加班文化。结果每天到了下班点，都没有人敢走，有事没事都得磨叽一两个小时。我们部门主管更变态，天天待到晚上10点，她不走大家也不好意思走。天天如此，谁受得了啊……你一个不坐班的人，怎么能理解我的痛苦……我们现在许多同事都想走了。”

呃，这话倒说错了，我是真能理解。因为我也在有加班文化的企业里待过啊，也有过类似的切肤之痛。我当时是被主管约谈过的，主题是“为什么你不能像×××那样每天加班到10点以后？”

话说那时，我被公司的加班文化所迫，已经不得不每天晚下班一个多小时了。当时听闻主管此言，心中有一万头“草泥马”狂奔而过……不过我是文明人，并没有爆粗口，而是很平静地说：“我是靠能力和高效工作的。我不加班。”

现在想想，我最终从该公司离职，此次谈话其实已经埋下了引子。加班真是太讨厌了……

现在，我终于可以大声地、明确地说出来：所有加班文化，都是流氓文化。所有倡导加班文化的企业家（包括各级管理者），都是在耍流氓——而且还很愚蠢。

这其实是个常识：除非是员工能力不足或者自己要求上进，否则所有工作，都应该在 8 小时内完成。可以有例外，比如某突发事件、某重要项目，需要阶段性地加班加点，这也是能够理解的。我所不能理解的，是某些企业理直气壮地倡导加班文化——凭什么呢？有什么用呢？

诚实点吧，企业与员工，无非是简单的雇佣关系：你花钱请我做事（或者购买我的时间），我做多少事（付出多少时间）你就给多少钱，公平交易。而加班文化说白了，就是理直气壮地压榨员工——你必须多干活（多付出工作时间）少拿钱，好让我降成本增利润。这种神逻辑，居然被某些企业提升到奉献敬业的高度，实在是让人无语。

对于员工来说，企业无疑是强势的。企业提倡加班文化，员工无力正面对抗，但可以消极怠工。你要求加班，好，我就在写字间里待着，但我在干什么，你并不知道吧？玩微博、打游戏、聊 QQ、干私活、网购……打发时间的东西多着呢。结果就是，公司的办公成本上去了，却并没有相应的收益。

更严重的，就是用脚投票。像小艾这样，本来对工作满意、也还勤勉的员工，被万恶的加班文化生生逼走。换员工也是要增加成本的。这些问题，对加班文化情有所钟的大大小小的 BOSS 们，考虑过吗？

chapter 2

第二章

微笑是一种病

微笑是一种病

几年前，某电视主持人“微笑门”事件曾在网上闹得沸沸扬扬。缘由是，该主持人在播报一条空难消息时，脸上竟然没有悲痛和凝重，反而有一丝若有若无的笑意。“微笑播空难”，这还了得！该主持人因此成了焦点，被许多人骂冷血、没有人性。

另一起“微笑门”事件也和空难有关，只是当事人换成了空姐，而且这位空姐比主持人更倒霉，因为主持人只是被人骂（而且主要是在网上），空姐却被掌掴脚踢。因为主持人和观众之间隔着屏幕，观众最多砸了自家电视机，不可能直接施暴力于主持人之身；但空姐却要面对遇难者家属，这些人正处于无比的悲痛之中，看到空姐居然还面带笑意，当即情绪失控，一场全武行就此上演。而最为可怖的是，这位可怜的空姐在被人打到鼻青脸肿后，嘴角居然还向两侧拉伸，惨淡、凄楚地微笑着。

按照心理学家的观点，该主持人和空姐已经患上了“职业微笑综合征”：职业要求她们永远面带微笑，在遭遇悲伤、沮丧甚至压力的时候，她们的表情也无法与内心同步，微笑成了一张摘不下来的面具。永久性微笑不仅会被人误解（招致语言和肢体暴力），还会引发“内伤”：人的心理健康需要内在情绪的统一，但这种微笑并非发自内心，只是出于职业需求，违反了人的自然本性。真实的情感长期受到压抑无法表露，对心理和生理影响极大。许多不得不长期保持职业微笑的人，会抱怨自己肌肉酸疼、头疼——后者是植物性神经紊乱的表现。有些人甚至会因此患上抑郁症。

因微笑导致的抑郁症，以服务行业和行政管理人员最为常见，因为职业要求他们时刻保持微笑，最终肯定会出问题。某五星酒店的前台，面对客人时笑容可掬，让人如沐春风；但是回到家就判若两人，脾气极坏，看什么都不顺眼，经常跟家人发脾气，晚上还经常失眠。她自己也很内疚，但是没有办法控制自己的情绪。而她老公，这个可怜的人，想看自己老婆的笑脸只能上酒店去，真是够郁闷的。

在某报上看到一则新闻：某交警大队在处理交通事故时，要求交警“理解事故当事人的沉痛心情，做到四个一：一个微笑、一声问候、一杯茶水、一个座位”。问候、茶水、座位倒也罢了，这个“微笑”实在比较难操作：在人家遇到事故心情“沉痛”时，你怎么能笑得出来？再说，人家遇到了交通事故，心里正犯堵，看到你对着人家笑，会怎么想？如果你不是交警，而是空姐、护士之类的弱势群体，他恐怕早就按不住心头那把无名业火，对你报以老拳了吧？最起码，也会在心里骂上一句：你是真有病！

职业微笑

对现代人来说，职业性的微笑几乎是工作中必不可少的部分。

大多数服务行业的从业人员，必须学会保持永久微笑，有些行业甚至在对新员工进行培训时，就把保持完美微笑作为重要的培训项目。我的一位亲戚到某超市去做收银员，不得不接受了一整天的微笑强化训练，以至于脸颊酸痛，时不时用手揉搓一下——但这是必需的，学不会职业微笑，就很难胜任工作。如果一个上门拉保险的家伙愁眉紧锁或是横眉立目，你十有八九会立刻把他赶出去——他又不是你的老板，你没必要忍受他。

正常情况下，只有上级对下级才可以板着脸，而下级对上司再不满，也得笑脸相迎。也就是说，即使不是服务行业，保持职业微笑也是必需的。最起码，你不能给老板看你的苦瓜脸吧？而同事和客户也一样需要维持礼貌，微笑就更是必不可少。你甚至需要面对空气保持微笑：曾有办公室礼仪要求，在接打电话时，要先保持微笑再开口说话，因为对方虽然看不到你的脸，却可以从声音中感知你的情绪。先运动一下笑肌，就会影响到声音的品质，让人感受到甜美、亲切。

既是职业微笑，自然很难发自内心。我那位亲戚接受的微笑训练，主要内容是将脸的上半部挡住，练习只用嘴巴微笑——这正是职业微笑的精髓所在。一个人之所以会有发自内心的、富有感染力的微笑，是因为有两块重要的肌肉——颧骨肌和眼轮匝肌在起作用。这两块肌肉同时发力，使嘴角向上扬，眼角出现或轻或重的鱼尾纹，这也就是我们所熟悉的亲切而热情的微笑。而与之相反，如果是敷衍的笑、假笑，起作用的则是笑肌，笑肌可以把嘴角往两侧拉伸，却无法将嘴角向上抬起来。毫无疑问，绝大多数的职业微笑，应该归于后者。

但凡事也都有例外，有些职业微笑，的确可以达到让人如沐春风的效果。曾有这样一个故事：某人在飞机上被笑得阳光灿烂的空姐所吸引，马上展开热烈攻势，终于抱得美人归——这个故事说明，该空姐的笑一定不是敷衍，一定很有感染力。但是结婚后，他却发现，空姐老婆在家里根本就不笑。因为她在飞机上不得不一天到晚保持微笑，已经太累了，到了家里就只想休息，根本不想笑了。此人和空姐老婆的矛盾日益加深，最终他决定去乘坐老婆的航班，花钱“买”自己老婆的微笑服务。然后他看到了老婆工作是多么不容易，终于理解了老婆，和老婆重归于好。

按卫斯理的说法，万事皆有配额，微笑也是一样的。职场上的微笑已经浪费了我们太多的配额，让我们在面对更重要的人——我们的亲人、爱人和朋友时，很难笑出来。这实在是一种悲哀。

你看他们的脸

何谓老板？有人戏言，老板者，老是（总是）板着脸是也。的确，你会发现，老板的表情总是比普通人要严肃、凝重，甚至有点苦大仇深。他比我们拥有得要多得多，却好像比我们更不快乐，而且这不快乐还会传染给我们。常常是这样，你一看他那张似乎全世界人都欠他一百块钱一样的脸，心情就会不由自主地变得压抑。本来挺美好的一天，马上就不美好起来。

从某种意义上来说，老板差不多就是我们的衣食父母——当然你要说老板榨取我们的剩余价值，我们才是他的衣食父母，那我也没办法——老板悲则员工悲，老板喜则员工喜，老板一怒则员工两股战战，老板喜怒无常则员工人人自危，这都不是什么难理解的事。但老板能影响到我们的心情，并不完全是因为他的身份和地位。

事实上，心理专家早有研究表明，人的表情是会互相传染的，无论是上司、下属、同事、亲人还是路人。你看到某人打哈欠，你的大脑就会觉得自己缺氧，于是发出指令，让你张开大嘴，深呼吸，并发出怪声。你看到一张阳光灿烂的笑脸，大脑也会自动让你的笑肌、颧骨肌和眼轮匝肌运动起来，让笑容浮在你的脸上，然后，肌肉的动作反过来影响到大脑，你就会有开心的感觉。从这个方面来说，《机器侠》里胡军变成了半机器人后，看到电视脑袋就变成电视，看到一盆花脑袋就变成花，虽然无厘头，却还真是多少有点科学依据的。

身为上班一族，每天能看到最多的人，应该是自己的同事。但我应该说实话，同事的脸绝大多数没有什么可看的。我们本性都爱丘山，办公室完全是一个与人性相悖的地方。在办公室里待得久了，整天对着电脑屏幕，也就养成了一张木讷、呆板、茫然或者没有表情的屏幕脸；更有甚者，总是眉头紧锁、长吁短叹，让人看了心里就添堵。

专家认为，身在职场，那些“拧巴”的五官搭配对周围的同事及伙伴而言，可能正在构成一种暴力侵犯。这些“坏表情”，时刻传递着抑郁、焦虑、悲伤等消极情绪，严重影响到同事和合作伙伴的心情，可以称之为“表情暴力”。

但是遭遇“表情暴力”又能如何呢？专家的支着儿是“视而不乱”，说是既可以保护自己，又尊重了别人，一举两得。这话十分正确，但也十分无用。那张苦瓜脸天天在你面前晃悠着，你怎么能视而不乱？我认识的某人倒是有高招，当时他的同事总是愁云惨淡一脑门官司，他觉得自己的心情受到了严重的影响，最终决定跳槽了事。

但愿他跳到新公司后，能不受表情暴力的困扰。

多照镜子，万事 OK

多照镜子可以变得更美？答案是肯定的。因为经常照镜子，可以随时发现自己身上的瑕疵，包括那些难看的动作和表情，及时修正之；更能发现自己的美丽之处，更好地彰显之——你要是留意，就会发现，一些大牌明星在拍照时，总是把某个侧面展示出来，因为从那个角度来看，她（他）是最漂亮、最有魅力的。

不过更深层的原因是在心理上。一项研究表明，多照镜子可以有效减轻心理压力和烦躁情绪，提升自信。而自信和美丽，正是一对孪生姐妹，如影相随。

多照镜子甚至可以提高工作效率。心理学家建议，在办公桌上不妨放一面镜子，当工作中出现困难或是心情不好时，就照上一照，对着镜子里的自己笑一笑，然后你就会觉得轻松许多，能更专注、更高效地投入工作了。而且由于镜子的反射原理，增加了房间的通透性，拓宽了视觉范围，还能缓解眼睛疲劳，这与向远处看是一个道理。

当然，如果你是个大男人，在桌子上放镜子好像就有点不太合适，因为会让人觉得你很“娘”。不过也没关系，我们还有许多替代品，最常见的当然是电脑和手机屏幕了：调至适合角度及亮度，就可以当镜子用。还有窗户玻璃，别人以为你在向远方眺望，其实你是在欣赏自己。这些替代品的好处是方便、隐蔽，不易被人发觉，而且同样有效。

从前我跟人合租时，同住的一个哥们儿每天早上都要对着镜子龇牙咧嘴地笑，然后大喊：“我是最棒的！我一定要努力！我一定会成功！”当时只以为他是发神经，后来开始对心理学感兴趣，就知道，这其实是一种有效的心理暗示和自我激励。只是我很想穿越时空，对当时的他说一句：“哥们儿，能不能声音低一点？天天这样被你吵醒，真是够烦的。”

路易斯·贺推荐过一种“自我接纳”练习，基本原理也是心理暗示，道具也要用到镜子。方法是，每天对着镜子里的自己，看着自己的眼睛，叫着自己的名字，反复对自己说：“我爱你，我接纳你，我认同你。”此练习适用于那些有心灵创伤、不够自信的人。不过我的建议是，在私密空间里进行比较好，以免像我那不幸的室友一样被人骂。

法国一面有 250 年历史的镜子被称为杀人魔镜，使用过它的人会脑部大出血而死。后来研究发现，此魔镜的镜框是一种已经灭绝的树木制成，在光线照射下会发出剧毒气体。

这个故事告诉我们：照镜子也有危险。当你开着车也忍不住要照镜子时，想想这个故事吧。

不如去整容

明朝有个人叫王艮，史书上说他“貌甚寝”，也就是长得很难看的意思。难看不要紧，架不住人家有才啊，建文帝二年，王艮参加科举，就得了个全国第一名。

但到殿试时，麻烦来了。当时的面试官，也就是建文帝，一见王艮就觉得心里不舒服；再一看排第二名的胡广，小伙子身材高大，英俊潇洒，得，状元就是他了！建文帝大笔一挥，钦点胡广为状元，王艮嘛，给个榜眼就算不错了——谁也别怪，要怪就怪你爹妈去，谁让他们把你生得这么磕碜的？

我们就别批判建文帝了，事实上，我们自己，也常常以貌取人。遇到一个长得漂亮的人，特别是异性，会自觉不自觉地对他或她更有耐心和爱心，但如果对方长得实在太过抱歉，就会本能地心生厌恶，不愿意跟对方接近。

心理学家认为，外表靓丽的人，往往会给人以聪明伶俐、事业有成的感觉，容易让人给予更多的照顾、信任和同情，这也就是所谓的“光环效应”。这种心理形成其实有其生物学的基础：一个聪明的人容易占有更多的资源成为富贵之人，然后就有条件挑选俊男美女作自己的配偶。经过一代代的遗传积累，他的后代自然也更容易相貌出众。

“光环效应”无处不在。男女交往自不必说，影视圈也不必说，就是在朝九晚五的格子间里，长相俊美的人也容易比别人有更多机会，更容易升迁。服务业当然更是如此：一个漂亮的促销小姐，业绩十有八九会超过那些长相平平的同事；而当你怒气冲冲地去投诉时，发现接待你的是一位娇美的、楚楚可怜的女孩子，你会不会放低了声调，觉得有点心软，不想再为难人家了？

不仅如此，英国巴斯帕斯大学的一项研究表明，陪审团在判断被告有没有罪时，很可能也会受长相影响，而非单纯地依靠事实。被告如果有讨人喜欢的长相，往往容易被减轻刑责，甚至会被无罪释放；相反，如果被告长相猥琐，让人望而生厌，那么被判处有罪的概率将会比一般人高出许多。

2005 年，美国洛杉矶高等法院撤销对罗伯特·布雷克的杀妻等多项指控，将其无罪释放。这固然是因为证据不足，但布雷克身为知名影星，外形英俊潇洒，也很占便宜：在 12 人组成的陪审团最后表决时，有 11 人认为他无罪，只有 1 人认为他有罪。

敲钟人卡西莫多穿越至此，禁不住痛哭流涕：巴黎圣母院的时代科技太落后了，要不然，自己好歹去整个容，大概就不会有那样的悲惨经历了吧？

病由心生

朋友是个工作狂，属于从没有节假日概念、恨不得天天住在办公室里那种。但是隔一段时间，他就会消失几天，问他原因，就会说自己生病了。我们就劝他，你平时要注意身体呀，工作太紧张，压力太大，免疫力就会下降，然后肯定就会生病，还是有张有弛的好。他反驳道，才不是呢，我是想生病时就生病，不想生病时根本就不会生病。

朋友说，自己负责着一大摊子事，总觉得不工作是罪恶的。但是生病了休息则是天经地义的。于是每当工作告一段落，觉得可以生病了，马上就会得感冒或是咽炎，这样就可以心安理得地而非满怀内疚地休息几天了。真到了工作很忙时，就会觉得没有时间生病，肯定能撑下来，然后就不会生病了。

想生病就生病，不能生病就不生病，大脑对身体的控制和协调实在是太奇妙了。不过这也没有什么太不可思议的，事实上，我们每个人，可能都有靠意志控制生病与否的时候，只是可能没有像这位朋友一样，有清晰明确的意念罢了。

我自小也是体弱多病之身，直到成年、成家，还是时不常地要去跟医生会晤一下。2007 年离开妻女，孤身北上，家里人都担心我生病没人照顾，但是在北京一个人待了一年多，却是一次病也没有生过。后来分析自己，从前之所以经常生病，先天不足是一方面，但另一个可能则是，我小时候家里孩子多，父母忙，照顾不过来，潜意识里，我是用生病来吸引他们的关注。这种“恃病而娇”的习惯一直延续到成年之后，甚至在有了孩子之后，潜意识里也还在用生病跟孩子争宠。但一个人在北京的那段时间，知道自己生了病也没有人照顾，而且工作性质也不允许自己生病，结果就完全不生病了。

我得承认，我的上述表现，十分之女性化。我们知道，有些女人会经常哼哼唧唧，不是说这里疼，就是说那里酸，要么就是头晕、失眠，但是到医院做检查，也发现不了什么实质性大毛病。做男人的可能就会很烦，觉得女人是无病呻吟没事找事。其实这些症状，很可能是因为男人跟她交流太少，向她表达的关心和爱意太少，她在潜意识里想通过生病吸引男人的关注，然后就真的生病了。

给男人的建议是：反思一下自己，最近是不是过于忽视她了。当她再说自己不舒服时，给她倒一杯热水，盖上一床毯子，握一握她的手，或是拥抱一下，她的症状或许就会减轻许多。当然，这些事，你要是平时常做，她就会少犯病了。

因何而话痨

新结识一位朋友 A，发现大家都和 B 做过同事。区别只是在于，A 和 B 是十多年前的同事，而我和 B 做同事则是在两年前。一起聊起 B，我说 B 口才真好，随便谈论什么话题都能妙语连珠，话密得别人都插不进去。而且，他的气场非常强大，只要有他在的场合，他就是绝对的话语中心，一堆人就在那儿听他演讲了。A 大惊失色："啊，他当年跟我做同事时，根本就不爱说话，要他在公共场合开口，比杀了他都难。"

后来读 B 君的一篇自述文章，说自己在 30 岁之前是一个沉默寡言的人，过了 30 岁却突然变成了一个话痨。我原先是把 B 君归到"全天候型话痨"之列的，至此，就觉得归到"突变型话痨"更合适些。

其实分类并不重要，我好奇的只是，为什么会有这样的变化呢？他遭遇了什么样的变故，有了怎样的心路历程，又经过怎样的努力，才成功地把自己变成了话痨？

在诸多话痨朋友里，有一位 C 君绝对是个异数，我把他归类到"磕巴型话痨"。他是个磕巴（结巴），通常身为磕巴都会尽量少说话以免自曝其短，这哥们偏偏喜欢聊大天。而且由于他的磕巴，更助长了他的话痨，因为当一个人结结巴巴地开始他艰难的表述时，大家都会本能地认为他说的一定是很重要的问题，会自觉不自觉地投给他更多的关注——而事实上，他经常只是在胡说八道而已。

我自己也是个话痨——有时候是。我是那种所谓的“选择型话痨”，也就是在某些场合、跟某些人在一起时，除了礼貌性应答外，几乎一言不发；但换个场合，跟另一些人在一起时，能口若悬河滔滔不绝。古人云，“酒逢知己千杯少，话不投机半句多”，说的就是我这种话痨啊！

不过，我也得承认，在我话痨之时，面对的未必就是知己。事实上，许多时候，我之所以话痨，并不是因为有想说话的欲望，只是因为害怕相对无言而引发的尴尬。对一个有轻度社交恐怖症倾向的人来说，所有的人都沉默，实在足以让人紧张至抓狂。在这时，就只好努力寻找各种话题，把时间打发过去。如果能有个把爱说话的人出现，那他简直可以说是救人于水火解民于倒悬。把话痨的重任交给他后，我会心怀感激、如释重负地长出一口气，整个人都瘫软下来，觉得生活真是美好了。

罗永浩说过他在演讲时，成功地让大家都兴奋起来后，就会说一句：其实，我很内向。然后全场哄笑，大家觉得老罗真是太幽默了。但是，罗永浩知道，自己这句话真没有开玩笑的成分，自己真的是一个很内向、很不自信的人，每一次当众讲话，自己都觉得压力很大。

我相信老罗说的是真心话，因为我自己，也是他的同类项。

你身上有中介的味道

手里有点闲钱，一直想买套小户型投资保值。那天走在大街上，忽然发现前面有房产中介一枚，立马上前攀谈，询问有关情况。聊了有二十分钟吧，那中介忽然觉得不对劲儿：“大哥，你怎么知道我是卖房子的？我又没在公司，也没有挂工牌啊！”我大笑道：“兄弟，你身上的房产中介气质，还是很明显的。”

话说我这还真不是胡扯，相信许多读者都会有经验，房产中介身上的确有一股独特的气质，很容易从人群中分辨出来。他们多半着深色西装、白色衬衫，打领带，穿皮鞋，短发直立向上，一丝不苟；关键是脸上的表情，谦恭、诚恳、热情、积极，似乎随时准备着从大街上拉个人过来，把房子推销给他。

还是这身打扮，但是戴个墨镜，换上冷酷的表情，就很有混黑社会的范儿了。如果剃个光头，脸上再多道疤，那就更像了。最起码，我会尽量离这种人远一点。

依然这身打扮，整个人放大一两号，变得鼓鼓囊囊的，发型换成三七开或者向后梳，走路速度放慢，微呈八字步——恭喜你猜对了，是公务员。

插入一个小段子，前一段时间回老家，和一位朋友到我曾经工作过的某机关办事，结果一进机关大楼，那哥们儿就开始偷着乐，弄得我很是莫名其妙。走出了机关，他才大笑道：“你有没有发现，你一走进机关大楼，就开始八字脚？”

一个人从事某种职业久了，身上就很容易有一种独特的味道，姑且称之为职业气质吧。OL（Office Lady，办公室女职员）、IT从业者、摇滚青年、教师、小职员或者大老板，都是各有各的范儿，不太容易混淆在一起。甚至换了环境、换了职业，旧有的职业气质还是挥之不去。

我家楼下新开一家粥店，老板娘兼领班是位美女，待客极热情周到。我去过几次，总是觉得有点说不出来的别扭，甚至有点没来由地紧张。后来某天吃饭时，无意间听到两个小服务员偷偷嚼舌头，说老板娘从前是某特殊服务行业的，赚了点钱，就从良开了粥店。我这才恍然大悟：没错，她身上的确是有明显的风尘气，总是不由自主地释放丝丝风情。

当然，我那天跟房产中介并没有说这么多，只是对他说了房产中介的特征，然后说他就是标准的样板。那哥们儿摸了半天后脑勺，忽然来了这么一句：“大哥，你说的也不全对，难道我就不能是卖安利的吗？”

这话把我问愣住了。人说得还真没错，许多行业人的气质的确是很近似的。

我得承认自己是太孟浪了。

一包一世界

在地铁里见过一位时尚美女，背上背一个双肩包，左肩挎一个时尚挎包，右肩挎一个电脑包，左手还拿着一个小手包，右手……没办法再拿包了，得空着拉扶手了。这身装备，真是令人叹为观止。

大都会与小城市的区别之一，就是少有谁出门而不带包的，因为活动范围变大，出门总要带许多零零碎碎的东西，没有包就不方便。

当然异类也有，比如我，就习惯性不带包。牛仔裤右边口袋塞了手机，左边口袋塞了钱包，各种卡都在钱包里，齐活！

不带包的习惯是从北京奥运会开始养成的。那时地铁要求逢包必检，特别是在上下班高峰期，地铁安检仪前总是排着让人望而生畏的长长的队伍，像蜗牛一般缓慢蠕动着，此情此景，足以让人抓狂。这时不带包的优势就出来了，绕开长队，直奔检票口，方便而快捷。我有几次在 8 点 59 分打上卡的惊险经历，全托不带包所赐——要是带了包，在安检仪前耽误几分钟，铁定迟到了。

不带包还有个好处，就是中途溜号不大容易被发现。鄙公司曾有一位女同事意图早退，却不幸在电梯口遇上了头儿。她急中生智，说自己要去见客户，却仍被头儿识破，原因就是，她带的那个包十分之休闲，绝不适合商务活动，只适合泡夜店。

这个悲剧告诉我们两个道理：第一，这位女同事要是像我这样习惯性不带包，就不容易被发现，头儿会以为她只是出来透口气，或者下楼喝杯咖啡；第二，这位火眼金眼的头儿，也是个女人。要知道，商务活动带什么包，出席聚会带什么包，日常生活带什么包，这些学问，可以说是在男人智商之外的。

某女说，她曾参加过一次相亲，对方西装革履，手里却拎了个塑料袋子，立马就让人败了兴致。所谓闻香识女人，看包知男人，包是男人的第二身份证，从包上，是可以看出男人档次的。

不过塑料袋也不完全一无是处。如果你到外地，建议你把双肩包啦、旅游包啦都搁在宾馆里，只拎个塑料袋出门打车、购物，这样可以减少许多被宰的概率。因为塑料袋太居家了，给人的感觉是，你就在自己家门口活动，而不是外地人。

每日里阅包无数，见到最多的，是双肩包。这自然是因为它方便科学的缘故。同样的重量，如果是装在单肩包里，肩膀更容易酸疼。而双肩包则由两个肩膀均衡承担重量，而且双手可以全部解放出来，优势太明显了。

双肩包通常是背在身后的，但也可以抱在前面，是谓“袋鼠包”。“袋鼠包”当然不是太舒服，但可以将包置于怀抱之内、视线之中，更加安全一些。一个城市，如果“袋鼠包”大行其道，说明此地治安差，你随时有被抢、被盗的可能，需要小心行事。

黑珍珠是怎样炼成的

苏格兰诗人彭斯诗云："你尽夸结交了多少权贵，说昨夜又同公爵碰杯。但小虫还是小虫，即使它爬上王后的发缝！"

我没有查到这首诗写于哪一年，但可以确定的是，彭斯卒于1796年。鉴于这个时间，可以断定，彭斯写此诗时，不会知道意大利珍珠商人萨尔瓦多·阿萨奇制造出来的黑珍珠传奇。否则，他对自己的观点，恐怕要重新考虑了。

黑珍珠原产于法国，产量既小，品质也不佳，几乎没有任何市场。1973年，萨尔瓦多试图开发这一产品，将它推销到全世界，却遭到了惨败：当时根本没有人能接受这种又灰又暗的怪东西，萨尔瓦多连一颗黑珍珠都没有卖出去。

萨尔瓦多并没有灰心。他又用了一年时间培育出了一些好的样品，然后带着它们去会见自己的老朋友——著名珠宝商人哈利·温斯顿。哈利将这些黑珍珠放到自己第五大道的店铺橱窗里，和其他名贵珠宝一起展示，并标上令人难以置信的高价。同时，萨尔瓦多在多家影响力广泛的杂志上连续刊登整版广告，原本"养在深海无人识"的黑珍珠，很快被捧成了稀世珍宝。

黑珍珠还是原来的黑珍珠，但当它被摆到珠宝店的橱窗里，和钻石、红宝石、绿宝石一起展示时，它的价格就在瞬间得到了提升——我们往往很难直接判断一件物品的价值，而需要相应的参照物。它所处的环境，与它最邻近的物品的价值，就是重要的参考。黑珍珠和其他稀世珍宝摆在一起，人们自然也就认为，它就应该是稀世珍宝。

这个标准同样可以用来衡量人。大众心理是，你所在的圈子，你所结交的人，你所读过的大学，你所在的单位，你所担任的职务，都是判断你个人身价的参照物。《围城》里的韩学愈，用一个买来的“克莱登大学”博士文凭，骗到了系主任的位置；而他的“校友”方鸿渐，因为不肯用假文凭，结果只当了个副教授——谁知道韩学愈和方鸿渐的真实水平？大家只是理所当然地觉得，在“世界名校”读过博士的人，水平也应该很高罢了。

所以说，彭斯的比喻并不恰当：爬上王后发缝的小虫的确还是小虫，但能结交权贵、与公爵干杯的人，怎么也不可能是个平头百姓吧？

黑珍珠效应的启示是，如果一个人想取得更大的成绩、有更高的身价，那就需要把自己置身于更高的平台，结识更出众的人物。就像黑珍珠有了钻石、珠宝陪衬就马上增值一样，跟许多优秀的人在一起，给别人的印象，自己自然也是优秀的。同时，有了更好的环境，也确实有利于结识更广的人脉，学习更多的东西，最终让自己更有价值。

chapter 3

第三章

干吗要上班

干吗要上班

某人跟朋友打赌，说我只要在你的客厅里挂个空鸟笼子，过一段时间，你非养鸟不可。这朋友不信，但是空鸟笼挂到客厅以后，他不得不向每个客人解释鸟笼为什么是空的。两个星期过后，此人终于决定，去弄了只鸟装进笼子里——我很能理解他，他必须这样做，否则天天向人解释，烦也得烦死了。

我在小城时，曾经做过一段时间 SOHO，但后来还是不得不上班去了。逼迫我的不是万恶的金钱——我在家宅着时收入并不算低，起码比当地的平均工资要高出数倍。让我头大的是，我生于斯、长于斯的小城，完全是一个熟人社会，你总得有义务向父母、亲戚、朋友，甚至是八竿子也打不着的人解释，你为什么不去上班（不是被单位开除了吧？），解释你不上班并不是不工作，在家待着也能挣到钱——这对于他们来说，你不上班是件完全不可思议的事。这样一次又一次解释，实在让人崩溃。

对绝大多数人来说，一个人应该去上班，就像鸟笼里应该装着鸟，都是天经地义的事。但是有多少人会去想，鸟笼子为什么不能空着，做一个纯粹的装饰？又有多少人会去想，我们干吗要去上班？是为了挣那点养家糊口的散碎银子？还是为了体现自身价值？或是为了多一些人际交往？或者，仅仅是一种习惯？

有一段时间，朋友的公司要上新项目，天天加班到很晚，人人累得半死。她向老公抱怨工作太累了，老公说："累就不要上班了，辞职回来做全职太太吧。我又不是养不起你。"但被她态度坚决地拒绝了。她说："我老公让我辞职，是想让我给他生孩子。你说我要是被个孩子拖累上几年，那成什么样子了？全职太太？根本就是一黄脸婆，家庭妇女！几年不上班，跟社会完全脱节，跟同学、朋友肯定也没有什么共同话题，也玩不到一块儿了，多可怕……"

另一位做设计的朋友，在家宅了一段时间后，还是找了个对口的广告公司上班去了。他并不喜欢朝九晚五，但是他也发现，自己是个自制力很差的人，御宅岁月，没有人管，就什么事也不想做，无所事事混过一天又一天。他需要被管理，只好去上班。

还有一位朋友，去上班是为了让自己的生活规律一点。因为他做宅男时常常深更半夜不睡，日上三竿不起，有时一天只吃一餐，对身体的损害太大了。朝九晚五虽然讨厌，但毕竟可以强逼着自己生活规律一点，这样对身体也会好一点。

对绝大多数人来说，他们上班只是生活所迫，因为不上班就没有经济来源，就会有冻馁之忧。这真的很可悲——如果不能说悲惨的话。不过也颇有一些胸怀大志的青年才俊，上班只是为了积累人脉、经验和资金，准备日后自己创业。他们有远大理想，所以不计较多干少干一时得失，相反把一切工作机会都当作是学习、提高。这样的人终非池中之物，我对他们深怀敬佩之心。

祝你上班快乐

不能晚于早 7 点前出门，否则就很有可能来不及打卡；下午 6 点下班（谢天谢地，今天没有加班），再在路上折腾一两个小时，到家时已经是暮色低垂。你又累又饿，吃了晚饭就想上床——只是想睡觉，没有做床上运动的心思。有个真实的段子：有次几位同事在八卦，提到现代人为什么性生活越来越少？有人答：“我们在下班路上已经累得半死了。”有人幽幽地来了一句:“谁说的?我是在上班路上就已经累得半死了。”

在北京这种区域大、房价奇高而交通状况又无比恶劣的地方，这样的上班族算是正常又正常。这样度过一天又一天，如果谁还能觉得快乐，十有八九是缺心眼儿。就不说北京吧，换其他的城市，上班大概也不是一件快乐的事。你需要付出的，往往不止是自己的脑力和体力，还有自由和自尊。你不得不做自己不喜欢的事，不得不面对压力和焦虑，不得不卷入你所不喜欢的办公室政治，不得不跟自己不喜欢的人虚与委蛇甚至点头哈腰，不得不收敛了自己的本性——在办公室里，你不能快意恩仇，不能大声说笑，甚至连打喷嚏和放屁也得忍着，否则就显得没有教养。

如此职场，谈何幸福快乐？国外早有调查表明，约有 80% 的上班族不快乐。至于国内，前不久有某权威机构对全国 5000 余名在职人士进行调查，结果显示，有近1/4的上班族存在心理问题，其中2.14%的被调查者存在严重的心理健康问题（意即重度抑郁甚至自杀倾向）。工作5年后出现心理问题的概率最高，超过6年比例则有所下降。专家建议上班族要多锻炼身体，调整好心态，并对造成心理问题的压力源进行分析，消除不适当的压力因素，以维护心理健康。

那我们为什么还要上班呢？上班对于我们，算是“必需的罪恶”吧？我们需要上班，以赚回养家糊口的银两，需要上班以证明自己的身份和地位，需要上班给我们带来安全感。对于绝大多数人来说，没有工作的日子，是不可想象的。曾有朋友可以靠绘画为生，挣得不比上班少，又自由，但在家宅了半年后，还是巴巴儿地上班去了。他说，在家里宅着，不仅没有安全感，还没有了正常的人际交往，时间长了，心理会出问题——上班会有心理问题，在家宅着也会有心理问题，那该如何是好呢？

一位刚从学校毕业的朋友，兴高采烈地说，他终于找到工作了，明天就要去上班了。我在微信上发了一句：祝你上班快乐。

还有一句话，已经打上了，但还是删了：尽管那不太可能。

生命不是用来上班的

有个老笑话，说人世间最大的幸福就是，有警察半夜敲你的门，说：“伊万，你被捕了。”你镇定地说：“你们敲错门了。伊万在隔壁。”

那么，人世间最大的痛苦，应该是，在某个困倦欲死的下午，你正在狭小的格子间里忙那些永远也忙不完的事，忽见某人悠悠上线，微信签名是：生命不是用来上班的。

写下这条签名的某人，姓古，名清生。他的确有一二十年不曾上班，而是全国各地云游、吃喝、考察、写作，已经先后有十几本书问世。写下这条让诸多上班族恨得牙齿发痒的签名时，其肉身正在神农架的原始森林中与金丝猴为伴，后来便有了一本《金丝猴部落》。再往后，他又筹划着在神农架养蜂、种茶、写作。这种生活，真是让我辈上班族又嫉妒又羡慕，不由自主地怀疑人生。

前几年，古清生出行时骑的是摩托车，今年便有了一辆“速腾”汽车了。那车身上很招摇地印着自己的名字，还有一张地图和一条奇形怪状的四脚动物——那是娃娃鱼，学名中国大鲵，是和恐龙同一个时代的生物，于3.5亿年前就在地球上生存，现为国家二级保护动物。古清生要驾着速腾去武陵源考察大鲵，估计用不了多久，就能看到他关于大鲵的新著了。

正巧前一阵在某杂志上看到他写的吃娃娃鱼的文章，文中特意强调吃的是人工养殖的娃娃鱼。本着质疑的精神，还是问他：“真的是人工养殖的吗？会不会是你吃了野生娃娃鱼，但在文章中只能写是家养的？”古清生道：“当然是人工养殖的。且不说吃野生的娃娃鱼犯法，只说那野生娃娃鱼何等珍贵，长得又慢，要好几年才能食用，当地人也只舍得用它们做种繁殖，根本不会舍得让人吃。”

问起这条签名，古清生道，有人开高薪要他去做一本杂志的主编，但要坐班，他态度坚定地拒绝了，理由就是：“生命不是用来上班的。”

他一直不上班，但他过得比绝大多数上班族都自在、快乐和充实。

现在是周日的晚上，我陷入了周期性的抑郁和狂躁之中。明天就是周一，格子间的朝九晚五（往往朝九而不能晚五）将重新开始，无数上班族会再次患上周一综合征。而周一的早上，北京的三环、四环、建国路、朝阳路甚至高速路，几乎无处不堵。大家需比平时更早出门，才能确保自己不会迟到。

我再次想起古清生的话：生命不是用来上班的。

我们，为什么一定要去上班呢？

冒着生命危险上班

我还得说句公道话，相对于其他交通工具，地铁还是比较安全的。从2008年迎接奥运开始，乘地铁时就要安检，这让地铁里发生恐怖袭击、恶性事件的可能性大为降低。而地铁在自己的轨道里运行，也很少有交通意外。被挤下站台或者是被人踩死的事件也是非常少的。最近一年，除一号线自杀事件外，我只听到一起重大事件：传闻某地铁换乘站，直梯正在运行时忽然停了下来，于是几十个人前赴后继地摔倒，有几位被压折、踩折了肋骨，有一位当场丧命。我没有留意官方消息，但这传闻似乎是真的，因为该换乘站此后每到高峰期，就把滚梯和直梯都停了下来，以减少降低危险的可能，这是一贯的做法了。

而来自凤凰汽车网的消息，截至2009年7月底，北京已发生交通死亡事故508起，死亡562人，甚至有一起7人死亡、1人重伤的严重交通事故，但媒体和公众关注度并没有地铁一号线“自杀”事件这么高。这也充分说明了地铁事故真的是小概率事件。因为只有小概率事件的发生才会让人更加关注，比如一胎生8个孩子，比如买彩票中500万大奖。

即使如此，坐地铁依然不能让人太放心。不说被挤下站台，只说上下班高峰期车厢内外的拥堵状况，就足以让人崩溃。曾经有一次，我在站台上等了20多分钟，过了六七辆地铁都没能挤上去，最后还是执勤大叔用力推我后背，才得以挤上车。这时，我只有一只脚站在地上，另一只脚无论如何也放不下去，只好做金鸡独立状。更不幸的是，这趟车历史比较悠久，因此没有空调。我一直怀疑这种环境下会不会有人因高温和缺氧而昏迷，但可以确信的是，他也只能昏而不倒，因为根本没有任何空间可以让他倒下去。别说昏迷，他就是已经气绝身亡了，也只能在人群里戳着，直到车到终点，乘客散尽才会被人发现。

挤在我旁边的是一位穿着职业裙装的美女，她的胸紧紧贴在我胳膊上，她的脸上化着精致的妆，却有大颗大颗的汗冒出来，因地球引力之故向下坠落，滴在我的胳膊上。而我没办法收回我的胳膊，她也没办法转过脸，更不能控制住自己不冒汗。我们只好相互看一眼，致以抱歉、理解以及自嘲、自怜的微笑。

这时我听到了我地铁乘坐史上让我印象最深刻的对话。一个女声："哎呀，我的包夹在我身后呢，拽不过来，不会被偷吧？"一个男声："你傻呀，这点儿小偷会来挤地铁？他们还要命呢！只有我们，才会冒着生命危险去上班。"

那一刻，我终于深深地理解了，什么叫苦中作乐，什么叫黑色幽默。

在电梯上奔跑

公司在17楼。正常情况下，乘电梯上去大概用不了两分钟。但如果是在早上8点50分到达一楼大厅，却十有八九会迟到。因为这时正是上班高峰期，电梯每一层都有人要进或出，每层都停，比平时要慢好几倍。这还不是最可怕的，可怕的是，你很可能根本挤不上电梯。一层下面还有B1、B2和B3，分别是停车场和餐厅，从B3到B2再到B1然后再到一层，电梯往往已经塞得像沙丁鱼罐头。而且电梯还不像公交车，只要能挤上去就能开走，电梯是会超载的，它是智能的，你好不容易挤了上去，却听到超载的提示音，不得不心急如焚、心有不甘地退出去。此时，时间一分一秒地过去，你却无法接近那台铁面无私的打卡机。

每当这时，就会有人舍弃电梯，沿步梯飞奔而上。但这些人的办公室肯定是在低楼层的，如果是17楼，且不说你有没有足够的体力飞奔上去，单算算爬楼梯的时间，肯定也还是要迟到的。于是只好另想办法。当电梯从楼上下行至一层时，不妨先进了电梯，下行至B3，再上行好了。往往会有这样的场景出现，等在B3的人看到电梯门打开，却发现里面已经挤至无可再挤，真是情何以堪啊……

还有一个办法，是选择直达19层的电梯，再从19层沿步梯飞奔至17楼。因为它不会每层都停，所以大概可以节约两分钟。不要小看这两分钟，那台冷血的打卡机啊，你就是晚打卡半秒，它也会算你迟到的。

在CBD（Central Business District，中央商务区）这种地方待久了，几乎每个人都会习惯性地健步如飞，哪怕根本不用赶时间。就是在地铁或商场里的滚梯上，也不会呆站在右侧以电梯滚动的速度上升，而是在左侧大步流星，一步两个台阶，很快就绝尘而去。每次看到在电梯上奔跑的人，我都会胡思乱想：他这么匆忙赶路，为了什么呢？他的前方，是爱人温暖的怀抱，还是一台冰冷的打卡机？

黄昏时分，在电梯上奔跑的人，大半是结束了一天的工作，去赶赴某一个约会，或者，拥抱家的灯火。他们的脸上有疲惫，也有着幸福。而在早上，在电梯上奔跑的人，表情大抵是紧张的、急迫的。甚至有时候，蜂拥而出的人太多了，大家都赶时间，也就顾不上什么“右侧站立，左侧急行”了。滚梯上站满了人，没有急行通道，你只能随着大家缓缓移动。

这么多的人啊，都挤在一起，你要还想一路狂奔，恐怕得学会传说中的凌波微步了吧？

朝九晚不五

上次回老家，发现那个小城市的银行、保险系统也改成朝九晚五了，可见这种作息制度已经越来越成为主流。事实上，朝九晚五也早已经成为上班族的代名词，有本书叫《朝九晚五》，写的就是上班族的那些事儿。而某人上班上烦了，辞工回家做SOHO，有文化的说法应该是：他从此告别了朝九晚五，过上了睡到自然醒的幸福生活……

不过，对上班族来说，许多时候朝九未必能晚五。

有家公司的时间安排是朝九晚六。理由是，中午有一个小时要用来吃饭。My God，工作餐不过是一个盒饭，从开吃到把一次性饭盒扔进垃圾筒，正常十来分钟就能搞定，速度快的甚至只要三五分钟。这位老大却要硬生生算一个小时，多余来的大半个小时，其实是要给他老人家奉献的。资本家啊，万恶的资本家啊，黑心的资本家啊……相比起来，有些公司规定早九晚五点半，算是很仁慈了。

另一家公司倒没有朝九晚六或晚五点半这样变态的规定，变态的是老板：五点下班，他老人家却一定要在公司待到六七点，甚至要八点多才肯离开公司。于是员工也就只好陪他耗着。有的是真的在加班工作，有的却是在打游戏、上网聊天、看八卦、干私活，反正都要表现出一副很忙的样子来，谁也不好意思或者说不敢先走——此前还真有人时间一到就关机扬长而去，后来被老板找碴儿开掉了。前车之鉴，兔死狐悲，谁还敢造次？

最彪悍的是一家网络公司。这家公司老总曾以优厚条件邀我加盟，面谈时说：“我们公司的文化就是加班文化，每天大家都会自觉加班三个小时。完全奉献，不计报酬。”我扪心自问，自己绝对做不到“自觉”和“奉献”，只好婉言谢绝。

我朋友的公司倒是比较人性化的。有两种工作时间可供自由选择，朝九晚五，或是朝十晚六。员工如果在九点以前打卡，就可以五点下班；如果在九点至十点之间打卡，就六点下班。十点以后打卡……那肯定算迟到了，要扣钱的。

鉴于北京总是堵车的恶劣交通条件，这种弹性工作时间是很让人羡慕的。但人心不足蛇吞象啊，昨天，这朋友一上线向我大叫倒霉，说上班路上有点堵了，自己九点零一分到公司打的卡，却要按朝十晚六算，硬生生多工作一个小时，太不爽了。

干吗要开会

开会似乎比工作本身更重要。

你可能不需要坐班，但肯定不会不需要开会。在工作时间里，你接电话是正常的，但在开会时，就有必要关上手机或是调至静音，有电话进来时也最好拒绝接听，然后发条短信过去："对不起，我在开会，稍后会跟您联系。"你要约见一个重要客户，但是发现时间和单位会议时间冲突了，你的第一反应很可能是另行安排时间。而在开会时迟到，也是比平时工作迟到更大的罪行：这么多人等你一个，你不觉得羞愧吗？

生平开会无数，最让人崩溃的一次，是在某机关。早不记得那会议是什么内容了，只记得那个会议一口气开了六七个小时，有七八位大佬在台上按顺序讲话——其实所谓讲话，大半是照着讲话稿念，而讲话稿是事先已经印好下发了的。可以想象一下，那会议该有多么无聊……而最可笑也最可怖的是，最大的那位大佬照着讲话稿念了一个多小时后，竟然来了这么一句："刚才那稿子是秘书科写的，下面我自己再谈几点意见……"他这"几点意见"又讲了差不多一个小时，结果整个会议就相应延长，到饭点儿已过，大家都已经饥肠辘辘之时，台上还有两个大佬没有讲话呢……

可能就是从那时起，我开始了对会议的疑问：我们为什么要开会呢?

从管理学的角度来说，开会的目的有四：发布信息、收集信息、做出决定和解决问题。有些会议肯定是有必要开的，比如某个项目该不该上，某项工作如何进行下去，有没有好的创意和想法，大家坐在一起集思广益、头脑风暴一番是应该的。有些事情按常规步骤来不及决定，开一个临时会议，统一思想、达成共识，也是一种灵活有效的方法。有时召开某些会议则具有激励作用，比如总结表彰，鼓舞士气，也需要来一个隆重的形式。还有些会议可以营造特定的氛围，比较容易让与会方接受决定。

按此标准衡量，许多会议根本没有召开的必要。比如例会，仅仅是因为到了开会的时间，就要把大家集中到一起扯淡，真是没有比这更无聊、更荒谬的了……有时通过其他途径，也可以达到与开会同样的效果，比如可以用内部邮件进行通报。有些必须召开的会议也要尽量精短，没有必要让许多人就同一件事反复讲了又讲，让人十分生厌——但是组织会议的人可能也有苦衷：如果不让那些大佬们讲话，他们可能会不高兴，会觉得自己没有地位，不被重视。这也真是没办法的事……

我的一位朋友辞职做了 SOHO。他得意扬扬地说，做 SOHO 最大的好处就是，从此再也不用开会了。但他刚说了这话没多久，就有客户提出，要和他开一个三方视频会议。

这哥们儿当时就抓狂了……

会议有性别

发现会议也有性别，是因为有过在某时尚杂志做编辑的经历。

当时所有的同事，包括主编、副主编、编辑部主任以及校对和美编都是美女（没错，我就是传说中那万花丛中的一点绿），一个个秀色可餐，莺声燕语，甚是赏心悦目。但到了开会时，就让人很抓狂了。

几乎每次会议，哪怕是例会，也都要耗上两三个小时，但并没有说多少正事，绝大部分时间是大家在东拉西扯。常常先来“分享”环节，每个人都要向大家分享一些东西，可能是最近读过的书，看过的电影，遇到的什么事，也可能是到某商场“血拼”的经验，某物美价廉化妆品的推荐等等。到讨论某个选题时，常会有人提到与这个选题有关的某名人的绯闻女友，又扯到该绯闻女友的几位前男友，然后又开始潜规则、姐弟恋等种种八卦，七嘴八舌，离题万里。主编饶有兴致地听着，觉得差不多了就会说上一句“回到主题”，有时也会忽然来了灵感，“我们做一期姐弟恋的专题怎么样？”而在开会的过程中，还经常会有各种零食和小点心，有些甚至是自制的，这时便又可以开始自制点心的经验交流了……

刚开始时，我很不能适应这种会风。那时我认为开会应该目标明确，干脆利落，而且最好像女人的裙子，尽可能精短。而每周例会更应该有固定程序：先总结回顾上周工作情况，该奖则奖，该罚则罚，逐一了断；然后一二三四五安排本周工作任务，再询问各位有没有不清楚的地方以及意见和建议。整个过程二十分钟左右就应该搞定，哪用得了几个小时？完全是在浪费时间嘛！

诸君可鉴，我这种会议观，其实也正是绝大多数会议的特点或标准：需严谨而非放松，唯理性而少情感，多安排而少交流，高效率而非快节奏，公事公办，是典型的男性风格。而这种让我刚开始时很难适应的会议风格，则是女性化的。氛围是温馨的，思维是发散的，可能有许多枝枝蔓蔓，却并不是完全无用，可以让大家开心而放松，更有想象力——说不定谁随口而出的哪一句话，就触发了另一个人的灵感，就是一个绝妙的创意呢！

不过什么事都是可以慢慢习惯的。到了后来，我也就习惯并开始喜欢上了这种女性风格的会议。甚至再后来离开了杂志社，再开那种公事公办的会，就觉得有点怅然若失了……

至今记得，某次在大家的提议下，主编决定，会议地点由会议室搬到后海边的某个酒吧里。时候正是暮春，午后的阳光照着湖边的垂柳，照着波光粼粼的湖面，有微风吹来，像少女舒适的叹息。我们一边喝着咖啡，一边吃着小点心，一边聊着各种新闻八卦，说是开选题会，其实更像是一群闺蜜在一起喝下午茶。

只可惜那次会议后不久，我就跳槽了。随后大大小小的会议又开了无数个，但没有哪个比这个更赏心悦目，更让人印象深刻——写到这里我有点心虚，因为当天开会到底讨论了些什么，已经根本想不起来了。

工作从晨会开始

看萨苏《与鬼为邻》，里面说到日本公司的习惯，是每天早上要举行“朝礼”。也就是上班了大家先不开始工作，而是去会议室围成一圈，全体肃静，由某位员工走到中央，与台下各位相互鞠躬后，板起面孔朗诵几句口号，再振臂高呼：“诸君奋发努力啊！”底下全体立正，回答：“一定要努力啊！”然后是鼓掌，朝礼毕。在日本，每个公司都是如此，朝礼也就成了神圣不可侵犯的仪式。

想起来了，这“朝礼”，在国内许多公司也有，只是改了个名字叫“晨会”。话说敝人当年，从机关跳槽到私企，原以为再也不必开那些让人头疼的无聊的会了，没想到公司却有一项“晨会”制度：每天到公司第一件事，是全体人员站到一起，由某位轮值人员领读“成功誓言”——《世界上最伟大的推销员》第三十一至第四十章，为成功誓言之一至之十，因之十有过于明显的信仰色彩，所以平时读的是前九篇——然后再开始工作。

我得说实话，一大帮子人在一起齐声朗读诸如“我永远不再自怜自贱”“我永远沐浴在热情的光影中”“我不再难以与人相处了”……总让人觉得有点冒傻气。韦小宝在神龙岛上跟着大伙儿念“教主宝训”没有任何问题，因为他是个小滑头，脸皮厚度无人可比；而我跟大伙儿在一起读“成功誓言”时，就忍不住老脸发烧，过了好长时间才能适应。

从心理学角度来说，晨会上那些积极向上的口号，经过不断重复，会作用于人的潜意识，起到积极的心理暗示作用，有振奋精神、提升士气之功效。就像神龙教里那些大吹牛皮的口号，由数十上百人齐声喊出来，也会令人热血沸腾。喊得多了，也能在潜移默化中让人信以为真。同时，晨会也是一个让人收敛身心、准备工作的有效的仪式。诚如日本百货业巨人内藤佳宣所说：“每天早上，呼唱口号，可以告诉每个人一天工作的开始，使全体同仁有所认知，是不可或缺的一种生活规律。”一旦养成了晨会的习惯，想要改掉，还是有点困难的。

还是萨苏讲的故事：某日本公司被美国公司收购后，“接收大员”对“朝礼”不感冒，建议不要做了。日本方面非常认真地当命令来执行，全公司的“朝礼”就此寿终正寝，但各个小部门却开始自发每天举行“晨会”，也是立正、鞠躬、口号、鼓掌……让美国鬼子哭笑不得。

话说我是很能理解他们的心情的。我曾对晨会那般不感冒，后来也就习惯了。再后来跳槽，新公司没有晨会制度，有相当长的一段时间，心里就总是觉得空落落的。似乎没有这么个形式，就没有开始上班似的……

chapter 4

第四章

职场元规则

职场元规则

职场之中，当然有许多潜规则。但是如果你完全不懂或是不理潜规则，是不是就混不下去呢？也不尽然。

我认识一位大姐，圈子里公认她是一个完全没有情商的人。她不善交际，不喜欢应酬，甚至不懂基本的人情世故。谁是谁的派系、谁跟谁关系暧昧这一类的八卦她当然是一概不知，就是在同一个办公室里待了一两年的同事，她都有可能叫不上人家的名字。这样一个人，应该混得很惨是吧？错了，她现在已经是公司主抓业务的副总了。

另一位曾经的同事，是个急脾气，跟他合作的同事，工作上有一点纰漏必定会被他批得体无完肤。就是顶头上司也照样被他当众挑毛病，有几次甚至都拍了桌子。这个人，会被同事排斥、被上司痛恨吧？但事实却是，他该加薪加薪，该升职升职，比绝大多数人混得都好。

不懂或是不遵守职场潜规则的人，为何能在职场中顺风顺水？这是因为，职场除了潜规则之外，更重要的是元规则。而职场元规则是"有用法则"，职场人应该是有用的。你得符合老板的需要，能为老板创造剩余价值。只要你是有用的，你就能在职场待下去。

潜规则虽然强大，元规则却是决定一切规则的规则。没有哪个老板愿意养个没用的人，白白付出而没有收益。相反，对真能干活的人，即使在小节上做得差了点，老板通常也还是比较尊重和信任的，也会给予更多的回报。如果你创造的剩余价值远高于他人，或是你可以做到无可替代，那基本上，你就可以不用太理那些潜规则之类，只要做好自己的事就行了。前面说到的那位大姐和那位旧同事就是如此。

对职场人来说，多懂一些潜规则当然没有什么错，善于运用潜规则，对自己的职场生涯往往是有好处的。但如果一味琢磨潜规则，以为靠潜规则就能横行职场，可能也不大靠谱。

关于职场生存之道，历来有两个极端：一种是极繁，精研各种潜规则，方方面面都要照顾到；另一种是极简，心无旁骛，只把自己手头的工作做好。前一种，就像《倚天屠龙记》里的赵敏，偷学各大门派招式，以精妙招式弥补内力不足；后一种，则像是张无忌，练就九阳神功，内力超凡脱俗，最终成为绝顶高手。

《九阳真经》云："他强任他强，清风拂山岗。他横任他横，明月照大江。他自狠来他自恶，我自一口真气足。""有用法则"就是这"一口真气足"啊，只要你能真正做到有用，还怕什么潜规则呢？

离开公司你是什么

朋友说，他的老板团购了一批书发给员工学习，书名叫《离开公司你什么都不是》。

我得承认，我还没有看这本书，所以不能评价这书到底有多大价值。但我个人，对这个书名十分反感。作者也许只是玩一把标题党，也许颇讲了一些职场之道，对朝九晚五一族不无裨益。但我也很怀疑，团购此书的老板，自己有没有认真读过此书？他之所以给员工团购本书，大概只是因为这个书名吧？他发书给大家时，心里有没有这么想：就你们还想跳槽？离开了公司你什么都不是！甭瞎想了，好好给我待着干活吧！

当然以上全是无根据地瞎猜，但如果我是这家公司的员工，老板发此书给我，我肯定会立马觉得受了侮辱。因为按常识来说，我给公司打工，公司发给我的薪水绝对小于我创造的价值。老板并不傻，他要从我身上赚钱，我对他是有用的。一方面，他要榨取我的剩余价值；另一方面，他还要威胁我，说我离开了公司什么都不是——这叫什么事啊？

按照心理学家亚伯拉罕·马斯洛的观点，人的需求是一个等级金字塔，塔的底层是温暖、食物、走出恐惧等基本需求，塔的顶层则是知识和精神需求，如自尊、地位、认可和成长、成就、个人发展等。在满足了底层需求后，人们就要实现金字塔上层的需求。换言之，对一个必须靠工作赚钱养家糊口的底层打工者来说，威胁他“离开公司什么都不是”是有效的，因为他有强烈的不安全感，必须靠这份工作免除冻馁之忧。但是对更高端的员工来说，这威胁则是十分拙劣，甚至是有害的，因为这会让他觉得自己没有得到公司认同，伤了他的自尊，他甚至会因此而萌生去意——我这位朋友就是这样想的。这充分说明，来自高层真诚的尊重，对提升员工的忠诚度和工作积极性十分有效，但可惜的是，这尊重实在是所有职场里最为稀缺的资源啊。

从另一个方面来说，这朋友想辞职、敢辞职，说明他对自己也有信心。他不觉得自己离开了公司就会饿死街头。他有所恃，离开了这个职位，还会有更好的职位与前途。就像郑渊洁曾经说过的那样，铁饭碗并不是铁打的饭碗，而是走到哪里都有饭碗。打工打到这份上，才算是有尊严。

至于我自己，多年来一直努力的目标，是可以完全不上班、不依附任何一个单位也可以活下去，而且可以活得不错。现在还没有完全做到这一点，所以还需要继续努力。

谁比谁没用多少

小 A 当初决定离开国有单位的主要原因之一，是觉得那里不具备公平竞争的环境。任你如何勤勉有加，一个人能抵几个人用——这话基本上不算夸张，小 A 离开后，原先由他负责的工作分给四个人干，那四个人还是觉得工作量太大，叫苦连天——但到了升职加薪的时候，起决定作用的并不是这些，背景、后台或者资历之类远比业绩要重要得多。小 A 想，换到私企，也许就应该有公平竞争的环境，能干事的人就能脱颖而出、物有所值了。

可是，小 A 很快发现，在私企里，也照样有一些“大仙”。B，从来都是吊儿郎当，迟到早退，甚至几天几天不见人影，薪水却比自己高出一大截。C，每天忙着上网打游戏，几乎没见他做过什么事，老板看见了也只当没看见。D，既不做事，人际关系也差，几乎是天怒人怨，但老板对他宠爱有加，总是带着他出席各种宴会……小 A 觉得很困惑，为什么这些几乎是完全没用的人，还能在公司混得风生水起呢?

但事实上，对老板来说，一个人到底有没有用、有多大用处，衡量标准是多元的。比如 B，是某要害部门领导的儿媳，老板乐得养这么一个人以维持和领导的关系。只要那领导稍微给些照顾或是提示，能得到的利益是难以估算的。C 是自己一个兄弟的小弟，帮兄弟照顾一下是应该的。人在江湖漂，说不定哪天也要用到兄弟帮忙，能落个人情是好的。再说，C也只是把这里当个跳板，不会长做，不用应付多长时间。至于D，酒量很好，在应酬时可以让自己少喝许多酒。还有，他精通各种吃喝玩乐，招待重要客户时就十分有用。甚至还有E，乒乓球打得不错，而老板也最喜欢这项运动。F，心思灵活，口风又紧，能给老板办许多不想让别人知道的私事。G，简直就是老板肚子里的蛔虫，说话办事总能挠到老板的痒处，整个一和珅转世……

一个人到底有没有用，取决于他能不能给老板带来价值。工作业绩当然是价值，开拓和维持各种人脉资源也是价值，能讨老板欢心、让老板心情舒畅也是价值。能在职场上混得开的人，谁也不会比谁没用多少。

没有必要因此而郁闷，因为现实就是如此，从来就没有真正公平的竞争环境，我们从一开始，就站在不同的起跑线上。如果你没有那些“别才”，老老实实干好自己的工作，让自己更有价值，便是职场生存的王道。

一招鲜，吃几天

十多年前，电脑还是个超级稀罕物。当时我在某行政机关，二十多个部门，只有一台四通打字机——这玩意儿现在恐怕没有多少人听说过了，但在当时，却是高科技，宝贝。打字室甚至专门铺了地毯，安装了空调，这可是我们一把手才能享受的待遇。可想而知的是，打字员的地位也很高，各部门有什么福利或是饭局，大半也不会忘了她——谁也不想惹这位姑奶奶不高兴，否则她一句“我忙着呢，没时间”，你急着要的文件资料就打印不出来，等着跳脚去吧。

现在的情况不用细说了吧。电脑已经如此普及，甚至许多人都会随身带着一台“手电”（手提电脑），会打字算什么呢？我得到的消息是，那位打字员，下岗已经好几年了。

二十多年前，我的一位亲戚会修手表和收音机。当时手表和收音机还是家庭重要的大件，所谓“三转一响”，就是手表、自行车、缝纫机和收音机，一般家庭有了这三转一响，就觉得过上了幸福的小康生活。这亲戚的手艺自然很值得骄傲和自豪。常常是在喝了两杯小酒之后，就大着舌头跟我吹牛，说“一招鲜，吃遍天”，何况他是两招鲜，这一辈子吃香喝辣是板上钉钉了。话里话外，颇有让我传承他的衣钵之意。说实话我也不是没有动过心思，不过后来考上了大学，出去读书，就走上另一条道路了……

这也算是冥冥之中自有天意吧。如果我当时真去向他拜师学艺，现在又哪有什么手表和收音机让我修理？

我想，古人之所以说“一招鲜，吃遍天”，可能是因为当时学习环境差，学一门手艺不容易；而社会发展又比较缓慢，人们大多是在一个封闭的小圈子里待一辈子，他的老年和青年时代相比，遇到的人和事都没有多大变化。在这种情况下，拥有一门独门手艺的人，自然会活得很好，很让人羡慕。

但是现在，不要说一辈子，就是十年后的事，你能预料到吗？百度CEO李彦宏甚至说，他无法预料互联网一年后会有什么变化。你现在拥有的一招鲜，还能吃几天？去想想那些已经在我们的生命中消失或者基本消失的职业吧：修钢笔的、寻呼台的、补锅匠、铅字印刷的排字工人……

我们越来越没有安全感。我们不知道，我们今天的傍身之技，明天是不是还有用。聊可自慰的是，现在要多学习一门技能，也比从前容易得多。如果有可能，尽量多学几招吧。

升职了，称职吗

美国学者、管理专家劳伦斯·丁·彼得在对组织中人员晋升的相关现象研究后，得出一个结论：在层级组织里，每个人都会由原本能胜任的职位，晋升到他无法胜任的职位，无论任何阶层中的任何人，或迟或早都将有同样的遭遇。这就是著名的“彼得定律”，也被称为“向上爬定律”。

对一位优秀的员工来说，升职往往是重要的奖励措施。但他到了更高的位置上，却很可能是不称职的。他根本没有相应的能力和经验来对付新的工作。他在原岗位上游刃有余、表现突出，在新的岗位上却可能力不从心，业绩平庸，甚至屡犯错误。

这种现象在现实中极为常见。我就知道一位优秀的程序员被提拔为项目主管后，不仅毫无建树，而且弄到每个人对他都极为不满，简直称得上是天怒人怨，先后有几位骨干跳槽，整个项目自然是一团糟。究其原因，此君一直是一个工作狂，生活中除了工作就没有别的，加班至深夜是家常便饭，甚至经常干脆就睡在办公室的地板上。这样醉心工作，个人当然容易出成绩。但他当了项目主管后，要求每个人都要像自己这样加班加点，而且不求回报，大家当然受不了了……

话说管理之大忌，就是把员工预设为“好人”。认为他们都应该是积极主动的，任劳任怨的，愿意负责的，能以公司利益为重的，有远大理想不计较眼前得失的，但事实并非如此。绝大多数职场人，都是有私心的，喜欢偷懒的，不愿意负责任的，想让自己的利益最大化的。管理的出发点必须建立在这个基础之上，以自己为蓝本去管理其他人，自然极不靠谱。在这方面，倒是自知自己没有什么真实本领的韦小宝更懂得人情世故，管理团队才卓有成效。

彼得认为，企业应改变单纯的“根据贡献决定晋升”的企业员工晋升机制，不能因某个人在某一个岗位级别上干得很出色，就推断此人一定能够胜任更高一级的职务。要建立科学、合理的人员选聘机制，客观评价每一位员工的能力和水平，将员工安排到其可以胜任的岗位。不要把岗位晋升当成对员工的主要奖励方式，应建立更有效的奖励机制，更多地以加薪、休假等方式作为奖励手段。

这些意见无疑都很中肯，但都只是针对企业的。对于具体的升职的当事人，我的建议是，首先，考虑一下面对新的岗位，自己是否称职。其次，尽快熟悉工作职责，提高自己的管理能力，这些都是需要不断学习的能力。最后，切记不要用自己能做到的高标准去要求下属。如果他们能和你做得一样好，那他们也该升职了，未必能轮到你。

少干活，多拿钱

一入职场深似海，转眼已近二十年。

在这二十年间，敝人跳槽数次，转战各个领域，打过各种不同的工，终极理想却始终如一："少干活，多拿钱"。

毫无疑问，"少干活，多拿钱"也应该是95%打工族的理想——另外5%则有更高的追求："不干活，也拿钱"。

有本书叫《每周工作4小时》，只靠书名它就应该畅销。谁会喜欢朝九晚五经常加班啊，每周工作4个小时，还能不缺钱花，这是何等幸福的人生……

站在老板的角度来看，"不干活，也拿钱"反映的是人性的缺点：员工都很懒，都愿意不劳而获。这让人很是恼火。你必须对他们严加管理，才能防止他们偷奸耍滑。这就需要付出更多的心血，付出更多的管理成本。

一位老板朋友曾经有过这样的梦想：自己能够化身万千，盯着每一个员工，杜绝他们利用上班时间逛淘宝、聊QQ、干私活，那样工作效率会大幅提高，业绩也会相应增加……

话说此人开公司实在是太可惜了，他应该去写幻想小说。

但管理大师巴莱多（又译作帕累托）对此有不同的看法。他认为，80%的产出来自20%的投入。耗时的工作并不等于重要的工作，以最少的投入获得最大的利润才是王道。要做到这一点，就应该分清主次，知道轻重缓急，做最重要的事情而非眉毛胡子一把抓。

没错，员工是想“少干活，多拿钱”，老板则永远想让员工“少拿钱，多干活”，但这并非是完全不可调和的矛盾。在未读巴莱多之前，我就有这样的直觉：做最重要的事，提高工作效率，工作效益自然会增加，个人和老板都是会是受益者——如果你已经很高效了，老板还是贪心，还是想更狠地压榨你，那就是老板的问题了，你也许可以考虑换个新老板。

如果哪家公司能够满足你“少干活，多拿钱”的理想，那它对你来说，就是个好公司，值得你跟它天长地久地厮守下去。同样道理，员工跳槽的原因五花八门，但归纳起来，绝大多数不外乎觉得自己“干活太多拿钱太少”吧。

当然也有例外。某公司高薪招聘某人，原准备让他负责某新产品研发。但是入职后不久，公司就调整了发展方向，不准备再开发新产品了。此人也就无事可做，白拿了一个月薪水后，转岗去做市场调研。

按说市场调研这活儿挺好做的，无非是设计调查表，发放，回收，汇总，做出数据分析，形成报告，对这哥们儿来说是小菜一碟儿。但做了没多久，他还是悍然辞职了。

理由是：“就这种发表格收表格的破事儿，随便拉个刚毕业入职的小孩儿就能做。哥们儿实在丢不起这个人！”

装着很忙

职场之上有两种人，一种是真的很忙，一种是装着很忙。而后一种占绝大多数。

装着很忙是每一位职场人的必修课，更是职场生存秘籍和护身法宝。一个闲人要装着很忙，以证明自己有用，证明公司没有雇错人，证明自己对得起那份薪水；一个忙人要装得更忙，以证明自己的重要性，证明自己在尽心尽力工作；一个想偷懒耍滑的人当然更应该装着很忙，以证明自己手里已经有无穷多的事，防止被安排新的工作。

为什么每个人都需要装着很忙？因为老板喜欢看下属忙，觉得这样自己付出的薪水才物有所值。有个笑话说，某老板见到有人站在办公室里东看西看，无所事事，就很生气地上前问他："你一个月挣多少钱？"那人答："2000 元。"老板从钱包里掏出 4000 元钱，扔给那人，咆哮道："好，马上从我面前消失，再也不要来了。"那人接过钱，飞快地跑走了，老板就转身训斥人事主管："你怎么能招这样的人进来呢？"人事主管一头雾水地说："可是，他只是来送外卖啊！"——这个老板当然很极品，不过说实话，我还是蛮能理解他的。如果我是老板，见到竟然有员工拿了薪水却无所事事，估计我也是没办法忍受的。

而作为员工来说，也没有人敢说自己很清闲。因为那意味着，你的工作量不够满，上司会给你安排更多的工作；或者，你是个多余的人，公司不需要你，你可以走人了。

甚至连老板自己，也需要装着很忙。随便哪个人都可以轻而易举地约见到老板，那老板岂不是太没档次了？“对不起，我们老板很忙。你要约他见面？他下个月或许能有时间。”

甚至不只是在公司里装忙，不只是对着老板、客户装忙，对家人、亲戚、朋友，也要装着很忙。因为只有忙，才能表明自己很重要，表明老板对自己很重视，表明自己很有前途。经济不够景气，竞争十分激烈，而你竟然可以很清闲，大概亲人们就要担心你的饭碗了。

据说，日本男人下了班，往往是不直接回家的。他们常常要找个小酒馆，泡到很晚才走。因为日本的企业普遍是有加班文化的，朝九晚五之外，再加几个小时班是家常便饭。如果一个男人竟然可以下了班就回家，那就要被太太鄙视或担心：为什么你工作不努力？是不是你已经快要待不下去了？

在这个每个人都应该很忙的时代，不装忙的人是可耻的。

每一个人看上去都很忙，你已经很难分清，谁是真的很忙，谁是装着很忙。

什么？你最近真的很忙？已经忙到没有时间和精力去装着很忙了？亲爱的，这样可不太好。你还是需要忙里偷闲或是忙里偷忙，抽出时间来好好想想，该怎样去装忙，让自己显得更忙吧。

装忙秘籍

已经有诸多职场前辈总结出了诸多装忙秘籍，比如，办公桌不能太整洁，否则容易显得你无所事事，尽管把各种文件、资料堆满桌子好了。工位周围的隔板上、眼前的显示器边上，不妨张贴各种资料和纸条，通讯录、计划书、即时贴，多多益善。在工位上放件小外套，以及简单的洗漱用品，可以显示你经常加班，经常以公司为家。要多喝水，有益皮肤和肠道健康，但上厕所要来回一路小跑，显示出争分夺秒的样子。坐久了浑身酸疼，可以多起来走动走动，多到窗口看看街景，但要选择途经传真机和打印机的路线，而且手里要拿着文件。无聊时，可以用办公电话打给朋友联系感情，但切记要以李总、王总相称，并要边打电话边用笔在纸上勾画，给人的感觉就是在联系客户了。

这些手法当然都很实用，但是，以我浸淫职场十余年的经验，我可以负责地告诉各位，以上种种，都是皮毛，都只描述了表面现象，而没有触及最核心、最本质的东西。

装忙的最根本指导思想是科学合理安排娱乐和工作时间，具体说就是：要把正常用于工作的时间用于娱乐和休息，而把正常用于娱乐和休息的时间用于工作。前者一定要注意不被别人发现，后者则一定要昭告天下，特别是要让上司知道——你很忙而上司不知道，那你装忙还有什么价值?

本着这一原则，你大可在工作时间玩开心网、微博、炒股，玩各种游戏，干各种私活，甚至可以溜出去逛街、购物，但下班后一定不要马上就走，起码要多待半个小时到一个小时。甚至，你可以经常在晚上九点、十点时群发工作邮件，让大家——特别是上司——知道你忙到现在才把工作干完，多么辛苦，多么敬业奉献。

当然，也还是有一些注意事项的：比如，出去逛街要打着见客户、谈合作的旗号，购物所得不要明目张胆地带进写字间。在工作时间玩游戏、网购，一定要学会熟练使用“Alt+Tab”组合键，确保在头儿忽然现身时，你可以用迅雷不及掩耳之势切换到工作界面。玩开心网和微博时，最好使用上司和同事都不知道的账号。跟朋友在微信上八卦时要眉头紧锁，时不时唉声叹气装烦躁，显出为工作殚精竭虑的样子。笑点低的人就不要看笑话段子了，忍不住笑出声来，就不太妥当了。最重要的一点是，如果上司在办公室，就一定要比上司工作到更晚，让上司对自己的勤奋印象深刻。

不过还是要提醒各位，虽然装忙可能是必需的，但在职场之上，能力还是立身之本。很会装忙，一直装着很忙，但一直没有什么拿得出手的业绩，大概也不是太容易长期混下去吧。

装忙也辛苦

装着很忙也很辛苦。即使你已经熟练掌握了装忙这门学问，装忙也依然不是一件很轻松的事。你需要有泰山崩于眼前而色不变的心理素质（在头儿忽然走过来时，可以迅速将游戏界面切换至工作界面，面不改色），需要有科学安排时间做到公事私事两不误的统筹能力（哪怕天天在办公室里待到深夜，该购的物，该见的人，该偷的菜，哪一个也不耽误），最关键的是，不能对装忙有抵触感。如果你曾像我一样是“以高效和能力混江湖”的信徒，就会明白，这其实真不是一件容易的事……

身为职场高效人士兼职场老油条，我对装忙的态度是很暧昧而复杂的：一方面，我很明白，装忙也许是必需的，而且懂得装忙的诸多（如果不能说所有）法门，我也会经常性地装着很忙，并且装得也还算成功；另一方面，对装忙这件事，我又是从骨子里反感抵触。我是多么向往可以不用装着很忙啊，但是，血淋淋的事实已经证明，不装忙在职场上是混不下去的……

时至今日，我对装忙已经有了充分的认识，对装忙人士可以报以理解和同情，但还是对某些装得太过的人深恶痛绝。因为装忙无止境，大家互相攀比，就会变本加厉地装得更厉害；因为装忙往往不只是自己的事，还会累及他人。都在同一个办公室里，如果有人装忙装到天天到八九点才回家，别人到点就打卡走人往往会有罪恶感，头儿也会看你不顺眼。如果这个装着很忙的人是一个部门主管，那就更惨了：头儿还在辛勤工作，还有哪个下属好意思、不知趣、不知死活地不装着很忙，胆敢比头儿走得更早？

江湖传说，某人的装忙伎俩是，上班时间出去逛街，约人吃晚饭，吃完饭已经八点多，回办公室待一会儿，九十点钟群发邮件昭告天下自己加班。此行径让同事极度痛恨，但又无计可施。后来，公司大佬直接交办此人做某事，此人为了显示自己的勤勉，特意拖到晚上十一点多，才发了个手机短信给大佬，告知工作已经完成，请大佬放心。

话说该大佬这个手机号是只有极少数几个人知道的，24 小时开机，但非紧急重要情况，不会有人深夜打扰。大佬这一阵子正在做一个大项目，几乎把身家性命都赌上去了，正是心力交瘁、草木皆兵时候，是晚刚刚入睡，忽然手机响起，大佬从梦中惊醒，以为项目出了差错，差点没吓得心脏病发作。心惊肉跳打开短消息，一看内容，又气得差点没犯了高血压：就这么一点小事，早就该办完了，拖到现在，还半夜发短信吓人？

该装忙人士最终被寻了个不是，先降职，后不得不辞职走人。

我对她的态度是：既幸灾乐祸，又兔死狐悲。前者多于后者。

拖拉有理

自己已经发出指令，下属却总是拖延，这可能是许多领导都曾经遇到的问题。公元 1898 年，也就是光绪二十四年，光绪皇帝也曾为此大光其火。

当时维新派提出了系列改革方案，其中有裁并闲职冗员的行政改革，光绪也做了明确的批示，但有关大臣就是一直拖着不办。光绪最终大怒，要求大臣们明确表态，人人过关——这意思很明确：支持改革者上，反对改革者下，没得商量。

先不说众大臣是如何表态的，且来分析一下大臣为何胆敢拖延光绪的指令。原因其实很简单，行政改革要裁并冗员，直接损害自己和同僚的利益。就算你足够高风亮节，别人呢？被裁掉的人失去了饭碗，会不会找你拼命？侥幸留下的人要多干工作，会不会恨你？你得罪了同僚，以后还怎么混下去？前面是地雷阵，是万丈深渊，傻子才会往前奔。但是皇帝是九五之尊，一言九鼎，他说出话来又没有人胆敢反驳，只好能拖就拖了。

细想一下，拖拉这件事，固然有执行者个人的问题，但也有很大一部分原因是在领导者身上。

有领导者优柔寡断，朝令夕改。如果你接到指令立刻去执行，结局肯定是，你已经做得八九不离十了，他又有了新的想法，需要你重新做方案。这样你越积极主动，做得越快，麻烦就越多，白白付出时间精力不说，还有一堆烂摊子得收拾，特别是一项任务牵涉到许多人时更是如此。如是折腾上几次，吃上几次亏，领导再有指令，你肯定是拖一拖再说了。

有领导者对工作量没有标准，只是一味鞭打快牛，却没有给相应的回报。你把手里这件事做完了，他马上就给你安排下一件事，做得越快，任务就越多，最后所有的工作都压在你一个人身上。而且，做得越多，出错的机会就越多，你这边累得半死，其他拖拖拉拉的人却优哉游哉，还不断地挑你的毛病。到了这时，你也只能长叹一声，改掉高效快捷的恶习，跟着大家学习拖拉，学习装着很忙了。

有领导者自己不想负责任，下属当然更不愿意背黑锅。还有一种可能就是上面所说过的，领导的指令不具可执行性，或是执行后会有很大负面效果，但是领导决心已定，无法改变，也就只好先拖上一拖。说不定拖上一段时间，形势有所改变，这个指令就过期作废了；或是领导有了新的想法，或是更周全的决策，那旧的指令就不用执行了；再或者，拖一段时间，再向领导进言，他也许就容易听进去。在这时，也确实没有比拖更好的办法了。

回过头来说光绪的行政改革。光绪要裁减冗员，大伙儿就先拖着；他要大臣们表态，李鸿章就与其他大学士联名上了一个折子，一方面承认裁并官职是应该的，而且是当务之急；另一方面又提出，此事情况复杂，头绪繁多，不应冒昧从事，应制定出更合理、严谨的计划，对裁并的冗员也要有妥善安排。此折获得光绪首肯，下诏准行。其实李鸿章此折貌似中肯，本质上还是在耍滑头，在找理由拖延。

拖拉至死

我曾写过一篇文章叫《拖拉有理》，认为员工拖拉，管理者有很大责任。如果管理者习惯朝令夕改，员工动作越快就越容易惹麻烦；如果管理者对工作量和绩效考核没有标准，只是一味鞭打快牛，高效者会被一个接一个的任务累垮；如果管理者的某项决策不具有可执行性，以及执行后会有很大负面影响，员工也就只好以拖拉来应对。所以，如果管理者抱怨员工习惯性拖拉，实在是应该从自己身上找找原因的。

不过从另一个方面来说，拖拉的原因也未必全是外在的，在很大程度上，是自己的原因。我一位作家朋友曾在博客里抱怨说，自己永远不能提前完成约稿。比如说有编辑在半个月前就约定，要他在半个月后的某天中午 12 点交 1000 字，那他一定会拖延到当天中午 11 点，才能坐到电脑前匆忙赶稿，然后惊险万状地赶在 12 点将近时把稿子发到编辑的邮箱。好吧，我承认，我也有这样的恶习。这种拖拉就完全与他人无关，只是自己的恶习了。

美国德宝大学的心理学教授约瑟夫 · R · 法拉利认为，习惯性拖拉是一种病。他认为那些喜欢把该做的事情尽量往后拖的人都患有“慢性拖拉症”，而“慢性拖拉症”也分两类：一类是“激进型”，这类人有自信能在压力下工作，喜欢把事情拖到最后一刻以寻求刺激；一类是“逃避型”，这类人通常对自己缺乏自信，害怕做不好事情而迟迟不肯动手，或害怕成功后得到别人的关注。

法拉利教授认为，治疗拖拉症要趁早，最好在上大学时就改掉拖拉的习惯。他提出了四个步骤，供有意改变拖拉习惯的人参考：1. 意识到自己的拖拉是完全没有必要的。 2. 把拖沓的原因一条条写出来。3. 一条条克服这些原因。4. 开始做事。

法拉利教授还认为，劝导对拖拉症患者来说作用微乎其微，关键还是要靠自己下定摆脱拖拉惯性的决心，这需要很大的精神动力才能完成。这让我觉得很欣慰，因为对比来看，我的拖拉症似乎并不算严重，要治愈它一点儿也不难：只要给我大量的工作，我就会高效去完成。对我来说，所谓拖拉，只是因为我还有大量的时间。

其实这也正是著名的“帕金森定律”（注意，此帕金森不是英国那个发现了帕金森症的医生，而是英国历史学家、政治学家C · N · 帕金森），只要还有时间，工作就会不断扩展膨胀，占满一个人所有可用的时间。也就是说，如果时间充裕，我们就会放慢工作节奏或是增添其他项目，以便把所有的时间挥霍掉。不论你有多少时间，你最终完成工作的时间，往往都是在最后的节点上。从这个意义上来说，所谓拖拉，只能说明你的时间太多了。

chapter 5

第五章

慢慢地逼着你走

慢慢地逼着你走

老板要开掉一个人（或一群人），有时候并不会采取直截了当的方式。个中原因很多：有可能是和被开者原本就是兄弟，磨不开这面子；也可能是被开者有巨大的杀伤力，直接开掉可能引发很大动荡；也可能是老板太鸡贼，不想给赔偿金；也可能是老板心思缜密，觉得山不转水转，以后说不定还会在一起混江湖，当然最好不要撕破脸……

总之一句话，这基本上就是一个利益权衡：老板觉得直接开人对自己损失比较大，那么最好是他想开的人主动要求离职；如果对方没有这种觉悟，老板也就只好使出种种手段，慢慢地逼他离开。

最常见的手法，是增加工作量的同时，却减少收入。如果不好直接减薪，就克扣各种福利、奖金、分红之类，或者让他天天加班到深夜，不仅不给加班费，连误餐费和交通费也不管。这样过上一段时间，那人必会叫苦连天，心生去意。此手段如果再配合不断地告知面临经济危机、公司运营情况不佳、财务紧张、说不定哪天就会关张之类就更为有效。主动离职的人不仅不会怨恨老板，甚至可能会觉得自己没有和公司共患难而愧疚呢。

总是安排人出差，也是个有用的手法。当然需要区别对待、因人而异。对于我这样以老婆孩子热炕头为人生最高理想、爱静不爱动的物种来说，总是在天上飞来飞去很快就会发疯。但对于另一些家伙来说，生命的意义就在路上，让他一天到晚全世界跑，等于帮他圆了旅游梦，他高兴着呢。

调整岗位和职务也很有用。你本来擅长某个领域，现在给你换一个全新的，让你老虎吃天没处下口，你撑不下去，就只好走人。或者，你本来是一个部门的正职，现在调整到另一个部门，成了副职，甚至干脆什么都不是，什么权力都没了，估计这落差谁也受不了。而且这种调整完全可以做得非常顺理成章，比如两个部门合并，或者调整你到上一级部门等，职务变动也就很正常。

对事业型的人来说，最狠的一招是，让他无事可做或是做出来的工作都不被认可。江湖传说，某知名网站CEO，原是另一家网站的技术总监。此人先后研发了几个产品，结果都没有得到重视，有些产品甚至做出来就没有上市，全做无用功——当然，公司可能是从利润方面考虑，并不是针对个人逼他离开。但实际效果是一样的。此人终于忍无可忍，转身就走，由此，成就了自己的海阔天空。

炒人易，炒人难

朋友屡屡诉苦，说下属某某做事如何不靠谱，让她头大。我听多了，也头大，就对她说："既然如此，干吗还一直留着他？开掉算了。"朋友叹息道："开人哪是那么容易的？我们这种单位，虽然是企业性质，却直属部委机关，想进一个人当然不容易，要开掉一个人，却更难。我们不成文的规定是，要开一个人，需要找出十条理由。这已经够难为人了，更麻烦的是，我们有一正六副七位领导，每个人都要汇报，都要征得同意。你就是下定决心要裁一个人，把这一堆程序走完了，两三个月也就过去了。"

相比之下，私企裁人效率就高得多。我见过最有效率的炒鱿鱼，是在临下班前五分钟，老板点名要五位同事到他办公室"开个短会"——竟然真的是短会，不过三两分钟，就见办公室门开，几位同事灰头土脸地出来，开始收拾自己的办公用品，打包。老板娘（这是一家夫妻店，老板娘兼副总兼人事和财务总监）在一旁虎视眈眈地监视着。这几个倒霉蛋，在突然之间，就失业了。

裁人容易，当然是因为老总说了就算，一手遮天，却也与公司不正规、没有和员工签劳动合同有关。换一家正儿八经的公司，要开除一个员工，按《劳动法》的规定，需要赔违约金。因此，头儿就算看哪个员工不顺眼，想开掉他时，也不得不算算性价比，掂量一下是否划得来。

某人在公司待烦了，想换个地方，就开始出言无状，公开指责头儿做事不当，以及消极怠工等等，就想让头儿把他开掉，可以拿到赔偿金——有两万多元，算是一笔小财了。但他那头儿也是位神人，根本不理他这茬儿，后来倒是他实在熬不下去了，主动交了辞职报告了事。

另一家公司就很聪明，基本工资只有区区一千元，其他的是各种补助、奖金和绩效工资。这样开人的成本就低多了——不就是三千元吗？给钱！走人！

春节前，某公司集中裁掉了一批人。当然，按合同付了赔偿金。但是，算一算就知道，春节干不了什么活，却要给双薪，还有不菲的年终奖，这样算算，就是给赔偿，公司也还是划算的。

只是那些被裁的人，大过年的，遇到这种窝心事，这个年恐怕都过不好了。

出差啊，出差

如果你喜欢，那出差就是一件快乐的事。借工作之便，可以去许多平时没有机会去的地方，见许多平时没有机会见的人，经历平时不可能经历的事，而且，不用花（起码是可以少花许多）自己的钱！家父当年因为经常出差，走遍了大半个中国，尽管那时交通食宿各种条件都很差，出门在外少不了风餐露宿，吃了很多苦，但直至今日，老爷子提起出差往事，各地风土人情，奇闻逸事，还是两眼放光，只恨自己已经退休，不再有因公出差这种旅游机会了。

现代便利的交通设施，使出差更容易，更常态。几个小时前你还在寒风呼啸的北方，几个小时后你就已经到了鸟语花香的南国，甚至不比从京城东三环位移到西三环更费时间——前不久北京大堵车时，王小峰就编了个段子，说自己和某人约了到某川菜馆吃饭，结果在路上堵了几个小时都到不了，一怒之下，索性都奔赴首都机场，打飞的直奔重庆，吃完正宗的四川火锅，再打飞的回来。这时，北京还堵着呢。如你所知，这是杜撰出来的，打飞的到重庆的确花不了多少时间，但是，往机场的路也在堵着呢。

但即便如此，仍有人视出差为畏途。我一位前同事，工作勤勉，就是不喜欢出差，所有需要出差的事都要推给别人。实在推无可推时，就表现出痛苦不堪的样子，让人顿生同情之心。另有某人，因为经常要出差，索性辞了职。而他所说的“经常”，不过是因为公司在另一座城市，他每季度需要飞过去述职一次而已。

说到经常，我的另一位朋友才是名副其实。有一度，他几乎每周都要在北京与上海之间往返，又有一个月临幸 21 座城市、8 个月不曾回家的惊人纪录。当然，他那时还是单身。即便现在，他已经娶妻生子，每个月也仍有差不多一半的时间奔波在外——其实奔波这个词并不确切，因为他喜欢到处游走，出差对于他差不多是一种享受。

不过此人有一个习惯，睡觉时一定要头南脚北，否则就不安稳。但出门在外，哪能事事遂心？许多时候，他不得不裹着被子睡在地毯上，才能确保方向正确。好在，他也习惯了。

最悲惨而喜剧的一幕发生在重庆。他发现自己无论如何也分不清东南西北，向当地人咨询，对方惊奇、不屑、笑而答之：我都在这里待了几十年了还找不着北呢，你才来几小时，就想弄清楚北在哪里？

结果是，他整个晚上都在翻烧饼，根本睡不着。直到天色将晓，叮，头上一盏灯，忽然想到一个绝妙主意。于是从床上跳起，冲出酒店，打了辆车，直奔最近的 24 小时便利店，买了一物，匆匆返回……

却说那物原来是一个指南针。这个可怜的人，借助此法宝，终于头南脚北躺了下去，可以安稳地睡一觉了……

曲线升职

话说某人在某杂志社做编辑多年，无论是学历、资历还是工作量，方方面面都已经达到资深编辑标准。但主编就是推三阻四，不肯爽快给人晋级。

此人当然十分气闷：资深之后，不仅薪水增加，面子上也有光啊。自己同学，在其他杂志社的，颇有几个资深很久的。跟他们比，自己太丢脸了。被主编施展太极神功如封似闭拒绝几次后，她恨不得手执利刃，冲进主编室，大吼一声："不升职，毋宁死！吾与汝皆亡，我临死前也要拉上你垫背！"

要不怎么说有高人呢。就有人给她出了个主意，让她在编辑部散布消息，说某某杂志要请她过去资深。消息很快传到主编耳朵里，主编便通知她去谈话，只字不提她要跳槽的事，而是做出一副开心的模样道："祝贺你了。我一直在和出版人商量你资深的事，现在他同意了，可以升你做资深编辑。这是升职申请表，你拿去填好了，再拿来给我签字吧。"

应该说，高人此招，并不新鲜。《围城》里面，方鸿渐在三闾大学当副教授，想升教授堪比给如夫人洗脚，难上加难。就有人给他出了个主意，说过了年让自己的朋友写信，邀鸿渐到其他学校当教授。高松年要用人，就只好给鸿渐升职。可惜鸿渐没等到那一天，就卷铺盖走人了。

回到曲线升职的话题。此招有用，但应该慎用，因为毕竟是一着险棋，弄不好，就把自己逼到绝地，没有回旋余地。

某人，也是欲升职而不得，便对头儿请辞，说另一公司要请他去任某某重要职位——当然，是虚构出来的。他想以此逼头儿就范，头儿却做出惋惜状：“啊呀呀，先生您给公司做出了很大贡献，我其实是舍不得让您走的，公司也离不开您这样的重臣。奈何庙小难供大神，池浅难养真龙，在这里只会耽误您的前程。先生您既有好的去处，我这里绝不敢阻挠。来呀，财务，把先生这个月的薪水结了，他虽然只做了大半个月，也按一个月结好了。先生要常回来看看，要不要吃了饭再走？走好，走好，恕不远送。”

毫无疑问，老板其实早有让他走路之意，正愁找不到借口。他倒好，还不自量力以辞职威胁，正是人家想睡觉就给人家递了个枕头。可怜啊，他其实并没有找好下家，生生失业了小半年才找到新工作，待遇也比以前差很多。

说到底一句话，职场之上，实力为王，其他只是辅佐手段。犹如以手捧心，西施增魅力，东施则多作怪。要曲线升职，也要看看自己是否有升职的实力，本公司是否真的到了离不开你的地步。要不然，下场很可能会比较惨，比较惨，比较惨……

人往高处跳

经济寒冬已经来临，有前辈谆谆教诲：不要辞职，不要跳槽，不要投资，不要立项，大学生可以选择缓期毕业比如读研考博出国留学，小孩子最好学习老子在妈妈肚子里多待几年……当然有点开玩笑性质，但是也不无道理。

这位极力鼓吹“不跳槽论”的前辈，上个月却忽然离职。不过，他是另有高就，在原公司是副主管，到新公司却独当一面自己说了算，并且有了独立的办公室和工作用车，薪水没提，但想必也应该增加不少。

特殊时期不要跳槽？这前辈岂不也跳得挺好？

反观另一位朋友，在前两年经济形势不是小好而是一片大好之时，一连跳了几次槽，却是越跳越差。前两天还跟我打招呼，让我帮她留意新的工作机会，哪怕月薪某某元也行。而这某某元，只是她刚出道时的水平。

我永远相信，人在职场，每个月总会有那么几天不爽。觉得所处环境潜规则横行、钱少事多、听人管受人气、没有前途之时，恐怕谁都会像韦小宝一样，兴起“老子不干了”的念头。但是绝大多数人也只是在心里想象一下，或者跟好友吐槽一下也就罢了。当真仰天大笑出门去的，恐怕并没有几个。

曾有人问起某某："她最近是不是觉得很不爽，准备辞职？"我问："何以见得？""她在博客上大倒苦水，说食无鱼，出无车，而田园将芜兮，不如归去。"我大笑："我认识她三年了，平均每个月她都要叫嚣一次辞职，比大姨妈来得都准时。但是，直到现在也还在原地不动。你根本不用理她，过几天她自己就好了。"

说到底，跳不跳槽并不是问题的关键。关键在于，跳槽之后，你是不是会有更美好的未来。也就是说，是不是有足够的诱惑让人做出跳槽的决定。比如我，你一个月加我500元我肯定不跳（但是有人会跳，我知道有为了100元而跳槽的），因为做生不如做熟，500元不足以让我换个地方从头再来，再做职场新鲜人。但是如果可以连升三级翻番花红分房分车……就算是上帝现身反对，我也对他老人家说一句：请您给我一个不跳的理由先？

走人的理由

某人不满单位种种，决定辞职。写了洋洋洒洒数千字的辞职报告，痛陈单位积弊，表达自己鸿鹄之志，犹嫌自己文采不够，未能一浇胸中块垒，竟然要把报告发给我，让我帮她修改一下，要求务必更痛快淋漓尖酸刻薄一些。我直接拒绝接收文件，并对她说："亲爱的，辞职报告，只有一种格式。先说自己在本单位做了一些工作，也得到经验和教益，感受到了领导和同事们春天般的温暖；再说因为个人原因，不得不离开。务必言简意赅，半页纸足矣。你长篇大论，根本没有人会看。你实在觉得不爽，还交什么辞职报告？直接闯进老总办公室，指着他鼻子大骂一通好了，何等解气？"

你下定决心离开一个单位，大半是有很多原因，经过多方综合考量才下的决心。但你能拿到桌面上说的原因，通常只有一个，而且未必是主要的，甚至未必是真实的。你要真的跟老板列出一二三四，说公司人浮于事没有前途，同事钩心斗角拉帮结派，自己才高八斗却不被重视，而坐在自己对面的老板你老人家尸位素餐是个废物——那就是你自己冒傻气了。

你既然已经决定要走人了，又何必说废话得罪人？山水轮流转，朋友也好，冤家也好，说不定哪天还会聚到一起。所以，你辞职时，最好的做法是，把原因全归结到自己身上——此地一切皆好，是我自己拧巴，或者有不可抗之因素影响，不得不走。这才是正确的态度。

某人辞职理由是，老婆生孩子，自己要回家当超级奶爸。如此新好男人，自然让女上司大为感动，不仅当即准辞，还特批了两个月的薪水作为贺礼。谁知没过多久，竟发现此人入职另一家同类公司，而且坐上了和自己同样的位置，成了自己强劲的竞争对手。她这时，真是后悔莫及——早知道这样，起码不应该送那两个月薪水吧？

另一位朋友的理由是：我很热爱这份工作，也从工作中获益颇多。但是，我是男人，我需要养家。而本行业薪酬水平有限，我做过调查，即使我做多少多少年，做到什么什么位置，所拿到的薪水依然距我的理想有很大差距。没办法，做男人需要承担责任，哪怕是我不喜欢的工作，只要薪水足够，我也得去做。

当然，这两位的辞职理由，都比较老派，新生代会有种种暴强的理由。

一位“85后”的姑娘，辞职理由是：“我不想男女共用一个卫生间”；还有一位，说公司提供的工作餐太难吃，另一家公司的则要好一点；最幸福的辞职理由也许是，“我要结婚了，我老公要我回家做全职太太”。而最让人抓狂的，应该是这一位，她说坐在她对面的新同事长得太后现代主义了，实在影响她的心情。

辞职真的需要理由吗？不需要吗？探讨一下，有什么坏处吗？最直白、最质朴、最能通吃天下的理由，也许只是这么一句：“没什么，我只是不想做了。”

空中的刹那

不知道是谁第一个把换工作叫跳槽的。太有才了。

先说这个槽字。无论你怎样美化工作，赋予它多少向上、美好、积极的内涵，你也必须承认，我们工作的根本以及主要目的，其实是给自己一个饭碗。而把饭碗说成槽，更揭露了打工的血泪本质，你需要像大牲口一样出售自己，任劳任怨、忍辱负重，出售青春、时间、智慧、体力甚至尊严，才能有个食槽，槽里有些草料。你要跳槽，也无非是想把自己卖一个更好的价钱，换一个草料丰富一些、更有保障一些、性价比更高的食槽罢了。

更妙的，却是这个跳字。既然是跳，就必然有一段时间双脚离地，整个人身在空中，无所依凭。可能会很刺激，很兴奋，但也很有点危险。你不是一只鸟，你能不能平安降落？你的脚下，是可以缓冲的沙坑？是更高的平台？还是一片白茫茫的水域，无所落足？

有前辈告诫，跳槽没关系，但一定要找好合适的下家再跳。这话虽是至理，倒也不是多么深奥，除了初出茅庐的愣头青，一般人都能明白。问题是，你就是找好了下家，但一切也都可能会有变故，你照样可能摔个鼻青脸肿。没有落袋为安的钱就不是自己的，在双脚踏到实地之前，一切变故皆有可能发生。如果说起跳需要勇气和智慧，那么平安降落就真的真的需要一点运气了。

话说我的一位朋友，要从 A 公司跳到 B 公司，面试、笔试、复试皆过，通知随时可以入职。她随即向 A 公司递交辞职报告，却被告知，按公司规定，她需要一个月的交接时间，才能正式离职。

好不容易一个月时间快要结束了，B 公司却忽然打来电话说，因为今年经济不景气，总公司决定把人事冻结，不再招人。“抱歉啊，我们也实在没有办法。唉，你要是能早一点入职就好了。”

事已至此，夫复何言？可怜我这位朋友，失业达半年之久，直到前两天才找到了新工作。

这位朋友其实还不是最惨的，因为她好歹在本市还有个家，有老公，也有点积蓄，不至于没有工作就衣食无着。我的另一位朋友，十年前从东北某农场跳槽到广州某公司，事先在电话里谈好了薪酬若干，包吃包住。但当她从原单位辞职，拖着个大箱子坐火车到了该公司后，公司却忽然说，岗位有限，不再进人了。从那公司出来，站在走廊里，泪水就哗哗地往下流……

这是在前不久，北京的一家星巴克里，她微笑着，对我说出的这一番话。在此之前，她在广州又跳了几次槽，后来又跳到北京，现在年收入有 20 万元。

我无法穿越时空，到 1999 年的广州，帮她擦去脸上的泪水，给她温暖和抚慰。我只能对她、对自己，以及所有的朋友们说上一句励志的话：跳空了，也实在没有什么可怕的。只要你有能力，有毅力，抗打击，就一定会有美好的未来。

树挪死人挪不活

我可以肯定地说，美女张当初辞职，完全是不理性的。

那时她在京城一家有名的出版公司做宣传，成绩不错，公司给的待遇也很高。她一个月底薪、奖金加一块儿，大概是普通公司编辑收入的三倍多，相当不错了。

这一天，美女张在微信上冒出来发牢骚：“工作量太大了！太辛苦了！我要辞职！”三句话，三个惊叹号，个个触目惊心。

我有点大惑不解：“你不是一直喜欢有挑战性、高强度的工作么？多干活，不是可以多拿钱吗？”

美女张：“可是，也不能要我周六加班啊。新来的这个宣传主管，太讨厌了……”

我：“打住打住。什么‘新来的宣传主管’？你的意思是，你原来的顶头上司另谋高就了，你没有升职？”

美女张：“嗯。”

我：“我明白了。原来的宣传主管走人后，你资历最老，成绩也不错，你觉得应该你接任主管职务对不对？现在来了个新人，对你指手画脚，你心里当然不舒服。别跟我说工作量大、加班，以前你周六周日都加班，也没听你说个不字……”

美女张：“反正我就是不干了。明天我就交辞职报告。”

美女张到出版社待了两个月，又开始跟我发牢骚，说出版社机制僵化，效率低下，更要命的是吃大锅饭搞平均分配，干多干少、干好干坏都一样。她的收入与在公司时相比，少了一半有余。

但是原公司她已经回不去了。一来她走以后，那边已经招了新人，没有空余岗位了（各位谨记，地球少了谁都会照样转圈。别以为自己对单位是不可或缺的）。二来她当时离职时，跟公司领导闹得不欢而散，也不好再吃回头草。于是，她只好进了一家规模比较小的公司。

所谓做生不如做熟。在新公司做新人，自然要多干活多受气，而且，这公司实力不强，没有什么好书，美女张费尽心力，也难做出什么成绩来（可见一个人能做多大的事，取决于他有多大的平台，并不单纯是取决于个人的能力），待遇自然也不会高。

美女张受到事业和经济的双重打击，心情不爽，又开始把我当树洞。特别是得知原公司同事升职的消息后，她简直成了祥林嫂的转世灵童，一天到晚唠叨不休："他工作远不如我呢，要是我还在，这升职就是我的，远轮不到他出头……"

我不断地劝慰她，一连说了几句至理名言：

一、树挪死，人挪未必活。

二、世上没有卖后悔药的。

三、跳槽有风险，离职需谨慎。

回头草，吃不吃

现在跳槽已经成为常态，谁把一份工打到天长地久，反而多少有点不太正常。跳槽的多了，难免有马失前蹄的时候。当你发现新食槽其实远不如旧食槽时，是不是会考虑去吃回头草呢?

有些人是坚决不吃回头草的。小轩从大公司跳到小公司，原因是小公司给出了更高的职位和薪水。但她去了以后就发现，所谓的高职位只是个虚衔，自己只是一个光杆司令，所有的事都需要亲力亲为，工作量是从前的数倍。这倒也罢了，更难受的是，小公司的平台和影响力自然也小，许多从前轻而易举可以做到的事，现在就要求爷爷告奶奶，费九牛二虎之力也未必能做到。而这时，原公司也没有招到合适的人，她要想回去并不难。但她就是赌了一口气：吃回头草？多没面子！这里不如意，大不了再找新的呗，旧公司无论如何是不能回去的。

不能说她轴，只能说，人各有志不能强求，并且，祝她下一次跳槽成功吧。不过我也得说实话，回头草没有那么可怕。颇有一些人吃过回头草，而且吃得津津有味，未发现有食物中毒消化不良等现象。

某杂志编辑跳槽到网络公司，没几天就受不了了。别的不说，只说工作时间，杂志比较宽松自由，只要你按时把该交的活儿交了，晚到早走，甚至干脆不去公司，都不是什么大问题。但是网站，就必须朝九晚六天天打卡（鉴于北京糟糕的交通状况，天天早高峰在路上堵一两个小时是家常便饭，朝九晚六就更加痛苦），加班更是家常便饭。这哥们一合计，多拿这一点钱实在太不划算，就当机立断，找杂志主编要求回去。很快，他就恢复了从前的生活，每天睡到自然醒，十点多才出门，这时路上也不堵车了，差不多十一点到公司，处理点杂事，约人吃午饭，下午工作间隙，还要打上一个小时乒乓球。与网站相比，堪称幸福。

这哥们儿有个低级趣味的比喻，说跳槽就像出轨，不出一次总觉得心里痒痒，待真正出了，可能会修成正果，也可能觉得滋味不过尔尔甚至不如从前。这时不妨去吃吃回头草，因为心态不一样了，可能会吃出从前没有品出的好滋味呢。

要吃回头草，关键是脸皮不能太薄，别怕被人议论嘲笑。什么“好马不吃回头草”之类的废话根本不用理它，自己合适就好，其他都是浮云。另外要注意的是，辞职走人时，跟原单位的关系要处理好，眼前留一线，日后好相见。要是辞职时弄得跟乌鸡眼似的，也就不用想回头草这回事了。还有，要当机立断，别犹豫不决，你让出来的那个食槽不可能长期空着，在你反复考虑到底要不要吃回头草时，很可能已经被新的大牲口给占了。欲吃回头草而不可得，是职场中人的大悲剧啊。

千金难买爷高兴

我的一位朋友，曾经是某知名公司里最年轻的高管，位高权重，前途无量。但是忽然间就决定辞职，自己去租了个小门面房，开了家小服装店。那服装店门脸不大，麻烦事不少，要四处寻找合适货源，要跟顾客斗智斗勇，还要跟工商税务各路大爷打交道。而且，她是给自己打工，不可能偷懒耍滑，每天在店里都要待十来个小时，比上班辛苦得多，却并没有赚到什么钱。但这也没什么可说的，她自己喜欢——我很能理解她的喜欢，因为我自己也曾经想过去开一家书店，只是没有机会或勇气实施罢了。

刚刚知道，我所认识的某出版公司的营销编辑，原本是做房地产广告的。这转行转得很让人奇怪，因为谁都知道，出版业并没有多少油水，而房地产的“钱途”，瞎子在半夜也能看得清清楚楚明明白白真真切切。同样是营销，做着相差无几的工作，前者的薪水可能还不足后者的一半。所谓人往高处走，水往低处流，她这槽跳得有什么意思？她解释说，自己从小就喜欢读书，做图书营销可以有许多新书、好书看，能跟自己喜欢的作家近距离接触，比做房地产广告要开心得多。做自己喜欢做的事，千金难买。

论坛里发现一个小小的漏洞，技术员当天加班到 12 点多，然后兴高采烈地群发短信告知，问题已经解决，要大家上网测试。

需要说明的是，我们公司比较没有人性，平时加班是没有加班费的，节假日加班也需要经过事先审批，否则就是白干活，没有钱拿。而那个漏洞也并不是多严重的事，拖上几天没有什么关系，没有必要马上加班解决。再说那个技术员，根本就不懂人情世故——您想想，换了您，换了任何一个比较正常的人类，会不会半夜给同事群发短信让大家测试网络？他经常加班，不是为了表现，而是因为自己是真的喜欢自己的工作，把解决问题、克服困难当作快乐。所以，对于他半夜发短信扰民的行为，大伙儿也都能给予足够的理解——好不容易，绞尽脑汁，终于把问题解决了，不跟别人分享一下快乐，情何以堪啊！

有许多人不喜欢职场，极度厌恶工作，但是还有些人喜欢自己正在做的事，或者有勇气去选择自己喜欢的事做。他们不计算投入产出比，不斤斤计较得与失，以开心为最高准则。就像《武林外传》里吕秀才说的那样，“天生我才必有用，千金难买爷高兴”。

我很羡慕拥有这样座右铭的人生。

求求你开了我

我曾经说过，职场如情场，职场中的人际关系与情场很是相似。

是有事实支持的。

有这么两个人，当然，是一男一女，当年颇克服了一些困难才走到一起，也因此成为朋友圈子里的传奇。但是在一起过了一段时间后，也不可免俗地产生了审美疲劳——大家都是俗人，谁也不是谁的敬亭山，可以永远，永远，相看两不厌。到了最后，甚至在外面各自有了新人，却是谁也不愿先开口说分手，因为那不仅意味着经济受损，道德上也会有亏。就这么心怀鬼胎着，貌合神离着，又耗了两三年了。

菠萝与公司的关系，与这对男女颇为相似。

工作几年后，菠萝迅速显示了自己在各方面的才华，于是有多家公司不断向她抛来橄榄枝，待遇甚至是现在的两三倍——你也不能抱怨她现在的公司抠门，有些行业比较有“钱途”，有些就差得远。菠萝的公司不幸正是后者。

但现在的问题是，菠萝入职时签有合同，合同期未满提出离职，就需要给公司一笔钱作为违约金——员工辞职要赔付违约金，虽然不是普遍现象，却也不算太少见。站在公司立场上考虑问题，这倒也不能说是没有道理的：有些岗位需要培训才能上岗，有些公司能为员工解决户口、住房问题，如果没有违约金限制，员工得到了好处就马上跳槽，公司岂不亏大发了？

不过具体到员工个人，要走了还得给公司交钱，总是很不爽的。尤其是，菠萝算了下账，违约金数额还很高，自己这几年差不多就算白干了。左思右想之后，菠萝决定消极怠工，从此开始不认真工作，各种糊弄——且等公司受不了了，把自己开掉好了。这样不仅不用给公司交钱，公司还得给出两到三个月薪水作为补偿呢。

理想总是丰满，现实却很骨感。菠萝实施消极怠工数月，公司却仍然没有开掉她的意思。或许是因为菠萝能力实在是太突出，随便对付也能把活儿干得不错；或许是因为老板身经百战经验丰富，对她心里这点小九九早就看得一清二楚：任凭你花样百出，我自岿然不动。你要违反公司纪律，或是完不成任务，我就扣你奖金和工资，但无论如何，就是不主动开你。就等着你受不了主动说要离职，我好有钱进账。

不管是什么原因吧，最终是菠萝耗不起了：大好青春，不能浪费在这个没前途的破公司里。老娘认栽，赶快赔钱走人，成就自己的海阔天空——每拖一个月，甚至拖一天，对自己都是不可弥补的损失啊。

忍啊忍的，也就习惯了

电影频道在播《大话西游》，有一搭没一搭地看上几眼，忽然听到那句经典的台词："吐啊吐的，就习惯了。"

于是就想起一位朋友跳槽的经历了。

这位朋友从 A 公司跳槽到 B 公司，原以为会有更好的前途。没想到跳槽后，诸事不顺，各个地方都极不适应。她想吃回头草，但 A 公司那个位置，已经有人占了。想继续跳，却没有合适的机会。没有办法，只好骑驴找马，一边继续在 B 公司待着，一边留意各种招聘信息，准备有机会就走人。

这位朋友说，那一段时间，她每次去食堂给饭卡充值，都只充 20 元——这是食堂规定的最少充值额度。虽然公司对食堂有补贴，但正常一餐饭怎么也得有 10 元吧。她一次只充 20 元，摆明了就是一天都不想多待，随时想走。那时她每天都要无数次地想到房贷、信用卡和生活费，才能压制住想收拾东西走人的念头。

以我跳槽无数的经验，这种状态，实在是职场生涯中最为糟心的——最多加上之一。你已经对这份工失去了兴趣，却不得不继续跟它耗下去；你随时想走，自然不会对工作有太多的投入，只是在做一天和尚撞一天钟吧。撞钟既是迫不得已，肯定不会心情愉悦。想想看吧，每天至少有八小时，待在你不愿意待的地方，心情烦躁到想砸东西想咬人，这种日子一天天过去，你居然没有生癌，也真是奇迹……

幸好，这种状态对我已经是过去时。跳来跳去，我终于有了一份满意度比较高的工作，愿意长期做下去。而那位朋友对我说的是一年前的心情。她现在，也还在 B 公司。

周星驰说："吐啊吐的，也就习惯了。"这位朋友，算是"忍啊忍的，也就习惯了"。开始时觉得一天也待不下去，只是因为自己没有更好的去处，只能忍着。一天一天忍过来，到了后来，那些无法忍受的，竟然慢慢习惯了。然后，又渐渐发现了一些好的地方，于是也就待下来了。这次第，颇像那些对婚姻不满的男女，最终竟也白头偕老。

我们对痛苦的忍耐度，实在远远超过我们的想象。

我是该为她感到高兴呢？还是该感到悲哀呢？

我只知道，上次我去她公司，她带我去食堂吃饭，饭卡直接充了 300 元。

chapter 6

第六章

怪人一箩筐

怪人一箩筐

某位同事有独自对着镜子微笑的习惯，或者叫怪癖。每过半个小时，必定会翻出一面镜子来，对着镜子龇牙咧嘴做出笑的表情。凑巧跟她一起坐过地铁，发现她对着窗玻璃也会时不时做微笑状，着实有点吓人。后来无意中逛到她的博客，看到一篇名为《微笑影响心情》的博文，这才明白她对着自己微笑的原因。

那博文大意为：一个人外在身体上的举止，既反映着内心，也影响着内心。所以，你需要经常对着自己微笑。要在办公桌上放一面镜子，经常检查自己的表情。在任何能看到自己的地方，都要对自己微笑。一旦你开始微笑，面部肌肉的动作就会影响到大脑，产生欢乐的感觉。

可惜看到这篇博文时，她已经成为我的前同事了。在和她做同事时，我只会觉得她莫名其妙，十分怪异。而且，现在回忆起来，她虽然一直对自己微笑，似乎也并不比其他同事更快乐，更容易相处。

混迹职场多年，类似这样形形色色的怪人，真是见识了不少。好在现代职场有足够的包容性，只要不影响工作和严重打扰他人，也不会有什么不良后果。

有一位同事的怪癖是，每隔 45 分钟，一定要起身去洗手间，直让人疑心他的前列腺是不是有问题。后来才知道，此人以前做过多年小学教师，以至于形成了生物钟，每过一个课时一定要出去放松一下。

一位女同事，中午既不出去吃饭，也不叫外卖，说自己要减肥。但正在减肥的她，抽屉里又摆满了各种零食，一整天嘴都不会闲下来。用赵丽蓉大妈的话来说就是：您到底是减啊是补啊？

某同事上下班永远背一个硕大无比的背包，而且永远装得鼓鼓囊囊的。那包很像是户外运动时用的，足以装下帐篷、睡袋、睡垫以及各种给养。我一直很好奇，难道他下班不是回家到床上睡觉，而是要到某个公园露营吗？

某同事，无论在何时何地，无论在做什么，耳朵里都永远塞着耳机。你要跟他说话，需要先用手在他眼前晃一晃，引起他的注意，让他把耳机暂时摘下来。好在这样的时候并不多，在写字间里，大家交流基本上都用微信及其他即时通信工具，嘴巴基本上是无用武之地的。

某同事热爱搜罗酒店里免费供应的各种小玩意儿，洗发液、沐浴露、剃须刀、火柴和手纸等。她因为业务关系需要经常出差，也就收获颇丰，完全可以供应日常所需，不用自己花钱去买了。

她那时月薪过万，开着公司配的宝马，穿着上万的衣服，每天午饭后去刷牙，用的却是那种最没档次的一次性牙膏和牙刷。

职业柔媚

销售部的王吟是东北人，女，24 岁，差不多一米七的个子，身材火爆，五官端正，其实颇有几分姿色，顺口叫声美女不算违心。但此人总是穿一条邋邋遢遢的牛仔裤，配件松松垮垮的套头衫，头发短至无可再短，做事大大咧咧，说话高声大嗓，喜欢喝酒，烟不离手，一高兴就拍人肩膀，也不管对方是老是少是男是女。曾有熟人评价王吟："王吟啊，一直是把自己当大老爷们儿的。"

把自己当大老爷儿们的王吟，在打电话时却柔媚入骨。销售部的主要工作是与各地图书经销商沟通。王吟一拿起话筒，就像变了个人："喂，刘总啊，我是 ×× 公司的王吟啊，刘哥，最近身体还好吧？我上周发的货，收到了吧？那好，这就到月底了，咱的货款该结了。资金紧张？我知道刘哥会照顾妹子的，不会为难妹子的……"

用文字无法还原当时的情景和氛围。我只能说，王吟当时声音甜美娇柔，宛如与情人私语，即使是催款，也像是在撒娇发嗲。每次听她打电话，我总想起金庸在《天龙八部》里写过的那位马夫人："腻中带涩，软洋洋地，说不尽的缠绵宛转，听在耳中当真是荡气回肠，令人神为之夺，魂为之消。"

王吟在销售部业绩是最好的。这也不奇怪。你想想，大英雄萧峰听了马夫人说话，也会不自由主地脸红，可见其杀伤力之强。只要你还是个正常的男人，听一个女孩子这么跟你说话，你一定会头脑发热发昏，上刀山下火海都肯，何况是本来就应该给人家的区区货款?

刘总前一阵子来北京参加订货会，我们老板请人家吃饭，自然要带王吟作陪。可怜的王吟，只好换上职业套裙——裙摆在膝盖上一拃的位置，而且极窄，根本迈不开步子。不过配这裙子的也不可能是运动鞋，而是一双高跟鞋，鞋跟足有三四寸高，穿着这鞋子也不可能大步流星。王吟换了这身打扮，还真脱胎换骨，俨然淑女。我们这边看她袅袅婷婷去了，都直替她担心：她在电话里柔媚，在酒桌上会不会原形毕露?

担心是多余的。老总说，王吟当天的表现相当出色，从头至尾都十分淑女，十分我见犹怜，让他十分满意。

只不过，王吟后来自己爆料说：自己实在受不了了，中途躲进洗手间抽了两支烟；又趁刘总不注意，一口喝了有二两白酒。

说这话时，王吟半躺在沙发上，伸着两条长腿，嘴里叼着烟，一点也不柔，也不媚。

最近我休假，在老家待着。因为一件什么事，打电话到公司，正好是王吟接的，柔媚入骨的声音：“您好，××传媒，请问您找哪位?”

“王吟，别装了，我是你李哥。”

“哈哈，是李哥啊，我还以为是哪个客户呢。哈哈哈……”

那边肆无忌惮地大笑。幸好我早有准备，已经把话筒从耳朵边移开，否则肯定会震得耳膜发疼。

消失的人

2001年,老秦32岁,在河南某县中学教书,是当地的优秀教师,忽然间就决定辞职,到北京闯江湖去了。2007年,我也32岁了,渐渐地就懂了老秦当年的心思:对一个男人来说,到了30多岁如果没有什么改变,那可能一辈子就这样了。几十年的时光,一直待在一个小地方,做一份仅供养家糊口的职业,看着身边的女人和自己一起慢慢变老,时光无情流逝,自己终究是个庸常之辈,这是件很恐怖的事。

还是说老秦吧。老秦到了北京后,先是跟人合作,编著过几套丛书,内容从天文地理一直到黄帝内经,甚是博学——行内人都知道那叫攒书。后来做一本杂志,自任主编。2003年10月,我到北京出差,秦主编设宴款待,喝高了,拍着我的肩膀说:"兄弟,做文化的,就是住地下室也要待在北京。北京是什么地方?是全中国的政治经济和文化中心啊。你在北京闯出名头来,就在全国闯出了名头。总在小地方待着,有什么出息?"

再见老秦,是在2005年。当时老秦的杂志已经停刊,不过老秦还是秦主编,编的是一份与彩票有关的刊物。编辑部墙上张贴大幅的彩票走势图,几个人整天琢磨中奖概率,然后写文章告诉人民群众该怎样买彩票才能中奖。我得说实话,他们还真中过奖，起码我去编辑部那天，秦主编就中了一个小奖，100 多吧，中午请兄弟们吃饭花了 300 多。秦主编又喝高了，说自己应该怎样买什么彩票套餐，那样 500 万大奖就到手了。

不过老秦到最后也没有中过大奖，而且刊物也没赚到什么钱。后来便听说老秦全国巡回演讲，教人如何买彩票。各地有人管吃管住，但是不给钱——其实谁都明白啊，老秦那一套要是真的管用，他自己早成富翁了，还至于这么辛苦甚至可以说是潦倒吗？

我于 2007 年 6 月辞职离开小城，来到北京，一安顿下来就打老秦手机，是停机状态。QQ 上很久未见他了，发电子邮件以及论坛短消息也均无回复。

有次几个熟人小聚，谈起老秦，有人说他可能是回老家继续教书了。北京这个地方，多少人心怀梦想而来，黯然销魂而去。我们害怕庸常的日子，但最终明白，自己没有资格和能力过得精彩，从此也就安稳下来，不再有种种稀奇古怪的想法了。

有人反驳，就算是回老家，也不至于消失得这样干净利落了无痕迹吧？是不是，他全国各地跑，遭遇到了什么不测……

啊呸，乌鸦嘴！大家一起骂他，然后端起杯喝酒，不敢抬眼，怕被人看到了自己内心深处的恐惧和悲哀。

忽然有人冒出一句：老秦会不会真的中了 500 万，然后像韦小宝一样，隐姓埋名躲了起来过那快活日子？

没人理他。

谁都知道，那概率实在是太小了。

亲爱的前台

一般而言，前台都是年轻靓丽的女孩子，不说闭月羞花之貌，起码也得中上之姿。因为前台可以说算得上是公司的门脸儿，门脸儿当然要让人赏心悦目。您弄一个五大三粗、横眉立目、戴墨镜剃光头的壮男戳那儿试试？一准儿会让人望而生畏，觉得您开的不是公司，是玩儿黑社会。

但前台存在的意义，绝不仅仅是摆设。前台要干的事多着呢，订水、订盒饭、发快递、接电话、接待客人（有预约的和不请自来的）、监督打卡考勤、上传下达、会议安排和服务、发放福利、办公用品调配和维修等，所有没人负责、没人愿意负责的，都有可能推到前台这里。千头万绪，琐琐碎碎，非头脑清楚心细如发手脚灵活者，绝不可为。

作为一个人脸识别和人名记忆双重障碍症患者，我对前台的识人本领钦佩到五体投地。话说我曾到某公司去找一个朋友，第一次去被前台理所当然地询问——微笑着，必须的！第二次再上门，没来得及开口，前台就已经迎上前来，还是微笑着，道："您好，某先生，还是要找某某吗？他在会议室开会，请您在茶水间稍等……"如果我是该公司的重要合作伙伴也就罢了，但事实上，我跟他们没有任何合作，而我那个朋友也不过是个普通职员而已。

识人还只能算是前台的基本功。我知道有些前台是颇有些异能的。某前台对所有快递、送水、订餐以及订火车票、飞机票的电话都是张口即来，而且还记得全公司五六十位员工的手机、电话、生日和其他基本情况，堪称一部活电脑。有个做对外贸易生意的公司，前台可以用四五门外语流利地和人对话，真让人怀疑公司能开多少薪水，才能请得起这样一位大仙。还有一位公司的前台，总是能弄到一些或实惠或紧俏的物资，某蛋糕店的打折券啦，某品牌化妆品的试用装啦，最新上演电影的打折票啦，甚至还有节假日的火车票——如果您在北京这样的城市，如果您有过在国庆、元旦和春节买票的经验，就会明白，能在这时候弄到火车票，该有多大的本事……

尽管如此，前台的工资普遍都不算高。前台吃的是青春饭，没有资历，很难拿到高薪。做上几年，如果不嫁人做全职太太，多半就会转岗做行政工作，进入管理层。这是顺理成章的事，在前台阅人多矣，世事洞明，人情练达，又心思缜密，做行政真是再合适不过了。

甚至有时候，前台还是前台时，就已经参与了管理。某公司在外地成立分公司，总公司指派 CEO， CEO 负责在当地招兵买马，进谁不进谁自己说了就算——但前台除外。总公司委派 HR（Human Resource，人力资源）奔赴各地，亲自为分公司招聘前台，前台除了服务分公司外，还直接向总公司汇报工作。这权利和地位，颇有些像旧时的“监军”了。不要说普通员工和中层，就是分公司的 CEO，在她面前也得收敛几分啊……

命里有贵人

小时候，有个算命的人说他命中会有许多贵人相帮。他说他是相信的。

他是个农村孩子，家境贫寒，努力读书考上了大学，家里却拿不出学费。刚巧一位记者知道了他的情况，在报纸上发表了一篇报道。随后他收到来自各方的捐助，得以顺利入学。他认为这个记者是他命中的贵人。

大四后半学期，大家都开始为未来做打算。有门路的纷纷托人，他正没奈何处，准备回家乡小镇上教书，省会一家报纸的副刊编辑忽然打电话过来，问他愿不愿意到报社实习。原来他曾在副刊上发表过几篇文章，编辑很是欣赏他。现在副刊扩版，需要招编辑就推荐了他。他顺利进入报社，先实习，后转正。他认为，那报社前辈，是他命中的贵人。

报社没有宿舍，他得自己租房住，而实习期是没有工资的，他很是头疼。回学校和室友随口提了提，上铺那个兄弟却留了心。出去打了个电话，回来便告诉他，自己的一个亲戚要去北京读研，房子就在报社附近，可以免费给他住，只要他愿意替主人照顾好那只狗。没问题啦，他本来也就是爱狗的人。他认为，那兄弟和兄弟的亲戚，是他命中的贵人。

后来，系主任邀请他到母校做文学讲座，有个大二的女孩频频举手提问，讲座后又要了他的联系方式。一来二去，那个漂亮女孩便成了他的女友。他对邀请他去讲座的系主任很是感激，认为他是他命中的贵人。

女友大学毕业，执意要去京城。女友家在省城，早就对这个城市没什么兴趣了。而他，对这个城市、对自己的职业和地位是满意的，对遥远的北京、对不可知的未来心怀恐惧。但他又不想放弃这段爱情。思前想后，还是辞了职，随女友去了北京。他乐观地想，自己命中有贵人，走到哪都不怕。

十年过去了。他先后做过打工仔、自由撰稿人、图书编辑、报社记者，后来有了自己的公司，算小有成就了。他吃了很多苦，受过很多罪，但很少对人提起。他只是说自己命中有贵人，比如说做记者时有人带他上路，开公司资金有困难时有朋友挪给他十万，被人敲诈时有人帮他摆平，总之遇到困难就有人相帮，这才一路逢凶化吉顺风顺水。

他说他命中最大的贵人，是他当年的女友。如果没有她，自己大概就在那个偏远的省城做一辈子副刊编辑了。因为她，自己才来了北京，才有了更广阔的天地和更开阔的眼界，才有了今天的成就和地位。

而他的女友是在他最困难的时候离开他的。那时他住地下室，交不起房租，到处求职到处碰壁。

关于这些，他从来不提。

同学大头

大头同学是个瘦子，偏偏有个异于常人的大脑袋。我每次见到他，都会想起那个著名的顺口溜来：大头大头，下雨不愁，别人打伞，我有大头。他那个著名的大脑袋，直径几乎超过肩宽，的确是可以当伞把身子全遮住，淋不到雨的。

大头同学宣称，脑袋大的人，脑容量大，自然聪明。他是在自吹自擂，不过倒也切合实际。上初中时，他学习成绩一直在班里排后十名，初三第二学期学区汇考，居然考了个全学区倒数第一。成绩下来那一天，他居然还旷课，若无其事跑到河边钓鱼去了。他老爸被老师叫到学校，一通好训，几乎要气疯。在小河边找到他，好一通臭揍，可怜的大头同学，屁股肿得老高，有半个多月只能站着听课，趴着睡觉。也就是这一通臭揍改变了他的人生轨迹。他努力了一个多月，竟以全县最高分考入了中等师范学校。

大头上了中师，顺便也就被老爸逼着报了自考大专。别人拿了书，整天勤学苦背，他把书往枕头下一塞，根本就不看一眼。要到临考前半个月，才会拿出来翻上一遍。就是这样，他每次考试都全过。这般聪明的大头，在学校里却从来只拿三等奖学金。其实以他的智商，拿到一等奖学金根本就不是什么难事。但他觉得，自己拿个三等奖学金就可以向家里人交代了。他宁愿把时间消耗在钓鱼、弹吉他、唱歌、喝酒、泡图书馆，甚至睡懒觉上，却不肯努力一下，去争取一等奖学金。

时间过得真快，一转眼，我认识大头已经有十七八年了，离开校园也快十五年了。这期间，我先是从学校里出来到镇政府写材料，又到市政协工作，然后又离开小城跑到北京，大头却一直待在毕业时分配的那所乡镇小学里，过着他的懒散生活。前几天忽然收到他的电邮，只有这么几句话：下雪了，我院子里的蒜苗和菠菜都盖在雪里，梅花却开得很好。我边上网边喝酒，小女儿在玩我的吉他，我现在体重已经快80公斤了，脑袋也不显得太大了，再见面，你恐怕是认不出我来了吧。

那一刻，我忽然有点恍惚。我仿佛一直在匆匆前行，走了很长一段路，偶一回头，却看到他还在当初的地方，还是像从前按照自己的喜好生活，散漫，自由，不求上进，自得其乐。我曾经对一成不变的日子感到恐惧，一直在努力改变和逃离，我终日忙碌，追求许多，也得到了许多，但是，那是我真正想要的东西吗？我真的找到了自己想要的幸福了吗？

在这样一个冬日的下午，因为大头的一封电邮，我开始怀疑人生。

何小小

有时候，你能结识某些人，是很奇怪的机缘。比如说，何小小。

那段时间，我经常去看一位朋友的博客。去多了，发现有个人的留言，总是和我的感觉、想法、甚至语气惊人一致。我一度开始怀疑：是不是自己在梦游时开了机，上了网，写了这些字？

我当然没有梦游。写下这些文字的人，便是何小小——何小小是网名。她有许多个网名，何小小只是其中一个。嗯，我坦白说吧，我一直没记住她的本名，只知道这个网名。我觉得这也就足够了。

后来我们就加了QQ，有事没事就闲聊几句。知道了何小小是我老乡。她在我那朋友的博客里留言时还在老家，加上QQ时却已经去了深圳。那时，我在大街小巷走过时，常常会有些恍惚：何小小也曾在这家冷饮店吃过冷饮吧？也曾在这家所谓的精品店和店主讨价还价吧？那家卖五金电料的小店，店名却叫“夏娃”，我们是一起八卦过的。小城是这般的小，我经常凭着两只脚从城东走到城西；小城的人很少，一共不过二三十万人，随便在大街上和谁套上半个小时近乎，大概就能找到几个共同的熟人。我却没有在这里认识她，认识她是在网上，是在别人的博客里。人生，不是不奇妙的。

何小小去深圳，是为了一场刻骨铭心的爱情。那是人生的劫数。如火焚身，如在天堂，如沦地狱，痛苦与快乐纠缠不休，无法得到却又无法放弃。后来她终于决定离开，跑到北京，开了一家小店，卖一些杂七杂八的小东西，主要是一些各种创意的小家居，还有些女装，是款式很新、面料普通、价格便宜的那种。一眼就能看出，这是个女孩子开的店，她的东西，大半也是卖给女孩子的。有创意，有情调，有些搞怪，有些可爱，女孩子会喜欢。

后来我到了北京，何小小却又回了深圳。当初那般决然地离开，却因为那人一个电话，就又决然地回去。那时她在北京的事业已经上了正轨，离开是全盘放弃。而那人，甚至不能承诺给她未来。

我能说些什么呢？我说过，这或许是一个人的劫数，是前生、甚至数千个轮回早已注定，这一生的遇见，只是为了来应这一劫吧。我早就明白，如果爱是一种病，自己病也只能靠自己医。

我只是感到遗憾。身边有这么多人，男的女的老的少的，大都是言语无味面目可憎，一群浊物；好不容易有那么几个谈得来的，却是天各一方。大家都为生活奔波忙碌着。什么时候，能泡一壶茶，面对面坐着，清谈，或是沉默呢？

一种无力和悲哀感，在刹那间包围了我。

北京的哥

天子脚下，藏龙卧虎。北京的哥里，也颇多奇人异士。

关注政治似乎是北京的哥的共性。国内自不必说，只说国际。美国大选前，有位哥们儿详尽地分析了全球形势、美国现状以及历任总统的情况，得出结论，奥巴马上台是大势所趋。我当时不以为然，后来大选结束，才惊觉，那时端坐在方向盘前口若悬河的，是一位何等伟大的先知啊。

还有懂经济学的。某日打车从北京西站到北京站，跟一位的哥谈起收入，的哥说，因为要交很高的“份儿钱”，因此累死累活，收入却不高；如果可以自己开自己的车，那就好多了。但是政策规定，必须租公司的车，不能自己买车自己开：“说是管理，就是为了收费呗。说白了，我们得养活一大帮人呢。我们要是不租公司的车，那些人上哪儿找饭辙去？骆驼祥子还能有一辆自己的车呢，我们就不能有。您说这不是剥削，又是什么？”

最让我记忆深刻的是这么一位文艺中年：其人见我抱了几本书上车，就跟我谈起文学来。说到普希金、裴多菲，随口大段大段背诵他们的诗，然后加上精彩评析。我完全给吓傻了，不敢多说一句话，只有唯唯诺诺而已。我是文人？我靠卖字为生？这些伟大诗人的作品，我能背上几首？

但这位跟老普和老裴很熟的哥们儿，对路却一点也不熟。我要去东方新干线，到了三元桥，其实已经离得相当近了，这哥们儿在桥上绕了有差不多二十分钟，就是找不到地儿。后来我实在忍无可忍，让他靠路边停了，自己下车问一下，步行十分钟，也就到了。

刻薄以及以偏概全地总结一下，北京的哥很像俾斯麦曾说过的法国公使——法国公使的特点，就是一句外国话不会讲；北京的哥呢，可能上知天文下知地理，但就是不认识路。我有过多次这样的经验，如果你对你要去的地方不能了如指掌，那也就别指望他们能帮你找到地方。

对此我们也应该表示理解，不是的哥的专业素质不高，而是因为北京实在是太大了，那些小胡同、犄角旮旯又多如牛毛，谁也不可能完全了如指掌。

幸亏现在好了，导航太方便，补了北京的哥不认路的缺。

跳槽犯

有这么一种人，每次见面你都得问他现任女友是谁，因为他十之八九带了新的女伴；又有这么一种人，每次见面你都得问他在何处高就，然后他十之八九会递过新的名片，上面的公司和职务有了新的变化。

前一种人，我们可以叫他浪子；后一种人，我们可以叫他跳槽犯。

阿超就是这么一个不折不扣的跳槽犯。他是山西人，自幼失怙，家境贫寒，十六岁便到煤窑当挖煤工。后来到一个乡镇做文秘，半年后自动离职，到太原一家报纸当记者。做报纸编辑半年，又跑到河南一家青年杂志当编辑。我便是这时候认识他的。

那是 2004 年，我在郑州第一次见到阿超，当时他不过 25 岁，已经是那杂志的副主编了。他偏瘦、偏黑，有一种与实际年龄不相符的沧桑。喜欢喝酒，而且是喝急酒，酒量倒也不大，喝不了几口，眼睛就发飘，话就发稠。

再见阿超，是在 2006 年。当时他已经离开河南跑到北京，先在某文摘杂志做编辑，没多久就辞职去做出版，又做网络编辑，又做 SOHO，又做文化经纪人。10 月我到北京，晚上跟他住在一起。两个人几乎一夜未眠，一直在聊天。与阿超一比，我的经历苍白简单得不值一提。他是一张泼满了油彩的画布，虽不是什么经典画作，却也五彩斑斓；我呢，最多只是一张简笔画；至于身边更多的人，一辈子只待在一个小地方，只做一份工作，那种人生，只是一张白纸罢了。

2007 年 6 月我离开小城，到北京加盟某文化公司。阿超这时在另一家文化公司做策划编辑，我们算是同行了。也就半年多时间，他又折腾出许多事来，比如成立“夜读社”，“追刺张朝阳”。前者比较成功，他到现在做出版，用的还是夜读社的资源；后者，则像他的许多伟大设想一样，开头轰轰烈烈，结局悄无声息。

前不久，阿超又跳槽了。我终于忍不住质疑他：你总是这样不安分地跳来跳去，未必是好事吧？精力太分散，很难在某一方面有所成就。一个俗之又俗的比喻是，你与其浅尝辄止打十眼井，不如集中力量打一眼井。何况你跳槽，并不是越跳越好。

阿超喝了口酒，默默地说：其实许多人都这样说过我。可是，如果我没有跳槽，那我现在还在山西挖煤呢。

我再也无话可说，只是跟他碰一下酒杯，然后一饮而尽。

人生其实无非如此吧，欲安稳就得忍受平庸，欲精彩就得可劲儿折腾。趁能折腾得动时，赶快折腾折腾吧。

理科生思维

身为一个文科生，我对理科生一直是很敬仰的。他们常常会有一些奇特的思维方式，让人目瞪口呆，高山仰止。

上班族想必都有和同事一起出去吃饭（特别是吃午饭）的经验。通常情况下，大家一起吃饭，要么是AA制，要么是轮流买单。但某个理科生扎堆的技术研发部门，却开发出了一套自动化系统：假如昨天中午是A、B、C、D四个人吃饭，花了100元钱，A买的单，那么系统就会显示A的户头余额为75元钱，B、C、D的余额则为负25元。而今天中午是B、C、D、E、F五个人一起吃饭，花了110元钱，B买的单，系统就显示B的余额为63元（本日88元，昨天负25元，88-25=63），C、D、E余额为负47元（本日负22元，昨天负25元，25+22=47），F余额为负22元。系统会自动计算每个人账户里的数目，定期自动给大家发邮件告知。如果你的账户是正数，你大可心安理得；如果是负数，那你就得记着近期该自己买单了。

AA制每次都要算账，找零也挺麻烦；而轮流买单又可能不够精准，难免谁吃亏谁占便宜。这套系统则完美地解决了这两个问题。这套程序的开发，体现了标准的理科生思维：用理性和技术来解决问题，有标准的程序和步骤，按部就班，可能有点不近人情，但有着很强的可操作性和实用价值。

我的朋友、专栏作家李开周也是一个理科生，他曾经给准备早恋的学生一个建议：“先去读读《数学建模》（一本讲怎样用数学问题解决现实问题的高校教材），然后把早恋可能带来的快感、可能支付的成本、最终分手的概率当成三个指标，用相关系数给定权重，用贝叶斯法则预估概率，用加权平均打分。如果得分为正，你就跳进爱河；如果得分为负，你就专心上课；如果得分为零，那就再算一遍。”

你看，这就是非常典型的理科生思维：理性和计算被摆到至高无上的位置，感性、情绪则被压缩至无可再压。他讲的道理的确是对的，但恐怕没有多少人——特别是没有几个少男少女会照此办理。否则，爱情也就太乏味了。

我的前同事则因自己的理科生思维成为大家的笑柄。他在网上找租房信息，发现上面所留的房东电话不能直接复制，就开始运用技术手段解决问题：先用 QQ 截图，然后另存到电脑，再连上打印机，打印出来。

倒也算不上多复杂，是吧？但是一个非理科生，会有更容易的解决方法：拿一支笔，直接把电话号码抄下来；或者，掏出手机，直接把号码输进去。

chapter 7

第七章

30 岁退休的神话

30

30 岁退休的神话

看一档电视节目，一个 10 来岁的小孩儿谈自己的人生理想，说自己将来要进入演艺圈，出点名，挣点钱，然后就提前退休。当即爆笑，提前退休真是职场人的最高理想，连小学生都把提前退休列入自己的人生规划了。

对绝大多数职场中人来说，提前退休，真的只是个神话。像东尼 · 西里巴那样的投机天才，30 岁就能身家近千万然后急流勇退的可谓凤毛麟角，大多数人大学毕业（且不说考研读博）都已经 20 多岁了，到了 30 岁还在为还房贷而奋斗——这还是好的，有许多人欲做房奴而不得呢——凭什么退休啊?

况且，这个时代发展太快，物质越来越丰富，而钱越来越不值钱。20 多年前，某作家应邀写一部电影剧本，稿酬是 5 万元，他颇为悲壮地说，自己写这剧本就是为了钱，一次性地把经济问题解决了，不再为钱苦恼，以后就可以安心写自己想写的小说了——当时 5 万元的确是一笔巨款，似乎足以养老的，但是到了现在，5 万元够干什么？在北京这样的城市，够买一个卫生间吗?同样道理，你现在想 30 岁就退休，而你起码要活到七八十岁吧，你需要挣多少钱，才能保障你今后四五十年的生活质量?

另一方面，工作带给我们的，也并不只是金钱。西人有谚，工作可以使人免于三大流弊，无聊、恶行和贫穷。即使你已经衣食无忧，不需要工作来赚钱，无所事事大概也不是每个人都有福消受的。我身边有许多这样的例子，某人上班时精力旺盛，一旦退了休无事可做，很快就百病缠身，迅速衰老。英国一项研究表明，无聊真的可以致死。研究者认为，有充分证据表明，心脏病与无聊感相关。强烈者极有可能染上吸烟、酗酒等恶习，从而使人短寿。与感觉充实者相比，“无聊感强烈”者因心脏病或中风致死的可能性是前者的 2.5 倍！

说到我自己，未满 18 岁就已经参加了工作，到 20 多岁时就想着要找个好单位养老。后来终于把自己弄进了某清闲衙门，4 年后却忍无可忍，决然离开了。有友人问：“为何要放弃那样的好单位，跑到北京去吃苦受罪？”我答：“你难道不觉得，我从 30 岁就开始养老，实在是太早了点？”

回过头来说说东尼 · 西里巴。此人原准备 30 岁前赚满 100 万美元就退休，到了 1985 年 5 月 5 日，西里巴 30 岁生日时，他已经靠做期权赚了约 900 万美元，远远超过预期目标。他真的带着这些钱离开了交易所，准备享受退休生活。但是 4 个月后，他就感觉生活太没有意思，没有工作的日子简直无法忍受，于是重操旧业。

一条改了性情的狗

当时几个朋友想创业，就合伙开了个小公司。哥儿几个都是灶王爷绑腿上，一人吃饱全家不饿的主儿，索性就找商住楼租了个写字间，吃、住、工作和娱乐全在一起了。后来有人不知从哪弄了条小狗回来，马上就成了全民宠物。吃饭时每个人都会给它挑肉，平时出去也总给它买零食玩具，没事就抢着逗它玩。这狗就这样生生给惯坏了，吃东西挑肥拣瘦不说，还养成了大爷脾气，总是对人爱搭不理的。不高兴时，你怎么叫它它都装着没听见。

公司办了差不多一年，总也没赚到钱。实在撑不下去了，这几位志大才疏的主儿只好吃了顿散伙饭，挥泪各奔前程。或者是因为实在心情黯淡，或者是因为这狗跟谁都不够亲厚，公司解散时，竟然谁也没想起这条狗来。它就那样被遗忘在空无一人的空房子里，直到一周后新租户搬进去才被发现。那时它已经饿得奄奄一息了。新租户看它可怜，就喂它吃了点东西，收留了它。

我不是动物心理专家（应该有这个职业吧？），所以无从猜测这条狗在被遗弃的一周里，在没有主人也没有食物的空空荡荡的房间里，会感受到怎样的恐惧，会受到怎样的心理创伤。我只知道，有了这次经历后，这条狗的性情大变，对新主人有着异乎寻常的热情和巴结。而且不只是对主人，就是对不相干的外人，只要略略对它示好，比如吹声口哨，招一招手，它就会马上跑过去，把尾巴摇得像风车一样。你只要摸摸它的头，它就会感激地舔你的手，甚至是鞋。

恐惧深深刻在它的心上，它害怕再次被遗弃，便改了性情，简直可以说是脱胎换骨。

看着这条改了性情的狗，我心中有无边的怜悯和悲哀。不只是对它，还有对自己，对身边的那些人。曾经有一位心高气傲的兄弟，因为与上司不睦，愤而辞职，结果有大半年都没有找到合适工作，一度穷到连房租也付不起的地步。到后来，他不得不放低身价，去了一家待遇要差很多的小公司。而新公司的上司并不比原公司的好，他也只能忍了。不忍又如何？再失业半年，真不是玩儿的……

其实我们心中都有恐惧，都害怕失去，所以我们都在改变自己。特别是那些曾经受过磨难甚至被打回原形的更是如此。就这样，在职场里，我们一点一滴地改变了自己，成了以前自己所瞧不上的、所不喜欢的样子……

一只叫黄药师的猫

那时我刚刚入职，坐在门口的位置。与诸同事都不熟，却很快发现他们有个共同的毛病：从不随手关门。有人关倒是关了，却不关严实，要留下条小缝。因为自己是新人，不好意思说什么，只好一次次起身把门关上。反复 N 次，有点烦了，就故意用了点力，让门跟门框撞击发出声响，希望能引起同事的注意。倒是真有人注意了，对我说："你别把门关严，待会儿黄药师进不来。"

黄药师？我正在疑惑中，便听到外面有细细的挠门声，还有猫"喵喵"地叫。邻座连忙起身开门，便有一只大黄猫施施然走了进来。先是好奇地嗅嗅我的裤脚，又跳上电脑桌，大大方方地跟我对视半天，然后跳下桌子，开始对整个办公室进行巡查，所到之处，无不受到热烈欢迎。

这只猫，便是黄药师了。

黄药师是这栋写字楼里最著名的流浪猫。说它著名，是因为几乎整个楼的人，包括物业经理和清洁阿姨、各个公司的老板和员工，甚至送外卖的、快递公司的人都认识它——你想想，如果是你自己，如果你所在的公司稍大一点，可能你都未必能认识所有的同事，也未必使所有的同事都认识你。就更不要说别的公司了。黄药师能让人人皆知，算不算最著名？

黄药师也是好几家公司的共同宠物。它每天都要例行探访各个公司，发掘新鲜事物，与大家增进感情。虽然没有固定的主人，却根本不会有冻馁之忧。到了法定假日，自有爱猫人士提前为它准备好了猫粮，以免饿着了它。它会上卫生间喝水，喝完了还会自己关上水龙头（当然这水龙头是抬起打开、压下关闭的，比较容易），决不浪费。据说它是在某几个垃圾筒里固定大小便的，不会给清洁阿姨增加负担。我还见过它蹲坐在电梯口，然后跟着人流一起走进电梯。那应该是犯懒，不想爬楼梯吧。

黄药师探访各个公司，似乎也是有固定次序的。到我们公司来，总是在下午三点左右。压抑、沉闷的办公室里，因它的到来，而变得温暖生动起来。

铁打的公司流水的员工。一年后，我离开了那家公司，到另一栋写字楼里继续朝九晚五。每到下午三点左右，我都会有一丝恍惚，似乎听到细细的挠门声和“喵喵”的猫叫声，而握着鼠标或敲击键盘的手也会怀念抚过光滑的皮毛时那种难以形容的舒适之感。

黄药师还会记得我吗？对它来说，分分合合更是寻常事了吧？这个人离开，空出的位子很快会被新人填满。它会结识新的朋友，然后，可能在某一天，新的朋友也会离开。

我们一直想要更大的天空，所以一直在不停地漂泊，从一个城市到另一个城市，从一栋写字楼到另一栋写字楼，从一个格子间到另一个格子间。而黄药师，多少年来一直在那里，从不曾离开。

有时候我真觉得，它比我们幸福。

突然停电

这种事并不多，一年也就发生过一两次吧。

突然之间，灯灭了，电脑也停止了运转。一阵低低的惊呼声，大家都明白发生了什么事：停电了。

行政马上打电话给物业，物业称整个写字楼并无异样，那么就只有一种可能：本公司出了问题。

电工正好今天调休，于是行政打电话给他，让他取消休假，火速赶回。事后得知，电工调休是为了带孩子上医院看病，但接了公司电话后，也只好把孩子交给老婆了……

看样子一时半会是干不了活了。有人开始三五成群聊天，小规模说笑。正常情况下，在写字间里，嘴巴的功能几乎是闲置的。大家即使是面对面坐着，相互交流也还是要依靠电子邮件和各种聊天软件。这时候上不了网，嘴巴也就有了用武之地了。

更多的人是掏出手机来，狂按键盘。是发短信，上微博，还是上 QQ 或打游戏不得而知。

有两三位同事则抓紧时间访问周公。离我最近的那一位，几乎是把头往椅背上一靠，马上就响起了细微的鼾声。这是上午 9 点 48 分，还不到一天中最困倦疲惫的时刻。但……实在是太累了。

也有溜出去抽烟、喝咖啡、逛街购物的。反正也做不了事，头儿们都睁一眼闭一眼算了。事后看某同事在QQ空间上晒新购之打折衣物，算算时间，那商场促销之日，正是鄙公司停电之时。

工作狂也有不少。颇有几位同事立马从包中掏出笔记本电脑，打开来，运指如飞。有人则翻开名片簿，开始打电话，听起来像是打给客户的，但也没有什么实质性内容，无非问候和八卦罢了。但是不要小看它的作用，无事常寒暄，乃加深感情之法宝。平时不烧香，事急抱佛脚就等而下之多了。

也有人心急如焚，不停地催问电路何时可以恢复正常。其中一位是急着要发一封十分重要的邮件，另一位是客户马上要来开会，还有一位约了嘉宾下午来做访谈。电工修好电路是在11点多，那个访谈没有耽误，那个会议改到了楼下咖啡厅，那封迟发的邮件，似乎也没有引发什么大事件，世界大战没有爆发，本公司也没有因此而倒闭，那位同事，以及所有的同事，也都在正常工作。

站在窗前晒太阳看街景的也颇有几位，我就身在其中。朝九晚五一族，整天待在写字间里，不见天日。这时沐浴到阳光，竟然有一种微微眩晕的幸福。而楼下，车流不断，行人如织，远远近近的高楼里，应该有数以万计的上班族吧，你们在忙些什么啊，有多少人实现了自己的梦想，找到了自己的幸福?

突然停电，像是往奔流不息的河水中投入一块石头，溅起几朵浪花，很快就无声无息。如江河东流，星辰西附，写字楼自有写字楼的运行规律，小小的意外过后，一切都恢复了正常。

隐形福利

前同事决定转行，对新行业的要求是，男性同事要多——她是某女性杂志编辑，薪水及各方面待遇也都还不错，只是整个编辑部二十来人，只有一位男同事。身为大龄恨嫁女，她希望身边皆是帅哥，方便自己吃点窝边草，能把自己的终身大事解决了更好。

对前同事来说，男同事算是公司的隐形福利，虽然公司并不需要为这福利买单，但它无疑是十分重要的。师妹因为此项福利的匮乏而决定跳槽，就是一个明证。

话说我当年未跳槽时，也是该编辑部唯一男编辑。换句话说，公司给我隐形福利不少，只可惜我早恋早婚兼早育，无法享受这类隐形福利，只是经常眼睛吃下冰激凌而已。不过这杂志是综合性期刊，衣食住行情感医疗求职无所不包，各位同事在各领域都堪称专业人才，要求医问药、购买数码产品甚至是情感咨询都能找同事帮忙，隐形福利还是蛮多的。

许多公司，都会有一些类似的隐形福利。我现在的公司有专职法务，同事们有什么经济纠纷、法律问题都会向法务请教，甚至有传闻，某同事决定离婚时也曾向他咨询过。我自己前一阵子遇到版权纠纷，很是头大。本来没想到麻烦法务，只是在工作群里随口发了几句牢骚，法务却马上热心地给出相关解决方案，真让人既惊且喜，感激不尽。这法务也算得上是公司隐形福利之一。

公司平台当然也是隐形福利。我的一位师弟，在择业时考虑再三，还是选了一家薪水低的公司。因为他觉得那个公司平台更大一些，自己可以有更多的学习、成长机会，能认识更多的人，形成自己的人脉。这些隐形福利，是另一家公司所不具备的。

某 IT 公司，对实习生十分苛刻，但愿意去实习的人还是趋之若鹜。原因是，这公司在业内是数一数二的，只要有了该公司的工作经历，再到其他网站求职就很容易了。

公司的牌子本身，甚至也是一种隐形福利。某人跳了一次槽，其实待遇并没有提高，但新公司是跨国大公司，这个牌子是可以满足虚荣心的。

话说我一位朋友在某网站做编辑，基本上，他就是一道人工智能绿坝，所有内容都要经他审查后才能放行。我们都很羡慕他，可以欣赏到别人看不到的低俗内容呀，这难道不是一种福利吗？没想到，这哥们儿也有苦恼：“让你天天看黄色小说，你说你会不会审美疲劳，然后萎掉？”

午睡传说

同样八小时工作制，可以有两种不同的安排。

一种是，早上八点到单位，十二点下班。下午两点（夏天是三点，另加一小时午睡时间）再去单位，再上四个小时班。这种多是小城市，或行政事业单位。另一种，早上九点上班，下午五点下班。大城市里的公司大多如此。

第一种的好处是，中午时间长，可以去学校接孩子，回家做饭，吃完饭还能小睡一会儿。或者可以找个饭局，大家吃吃喝喝，完了上班还来得及。行政事业单位，小一点的城市，多采取这种时间安排。第二种的好处是，时间紧凑，不用浪费双倍的时间在路上。早上可以晚起床一个小时，多睡一会儿。相应地，下午也可以早走一会儿。大一点的城市，外资内资合资独资各种公司，多采取这种安排。

哪个更好？各有利弊吧。你习惯了哪种，哪种就是好的。

有个朋友毕业后曾在北京工作了几年，后来父母在家乡小城帮他找了份体面又清闲的工作，收入也不错。但他回去待了大半年，还是忍无可忍，又回北京了。他抱怨说：在小城，上班早，下班晚，中午两三个小时无处打发，时间被切割得支离破碎。你待在单位，无事可做，又不算你加班。你回家，时间全耗在路上。

尤其是夏天，毒太阳下面回家吃饭再回单位，能把人晒成非洲友人。实在是太可恶了。

而我曾在小城工作和生活过很多年，早就习惯了早八晚六，每天中午一定要小睡片刻，哪怕是冬天，也要迷糊上二十分钟半个小时。刚到北京时，总觉得连续工作八小时相当不人道。吃过午饭，就觉得像是吃了安眠药，脑袋开始发沉，眼皮开始发涩，反应开始迟钝。每当这时，就十分怀念小城。可恶的是，同事们不仅不同情我，反而对我这种类似饥则食渴则饮的正常生理反应揶揄有加。曾有个家伙一脸正经不怀好意地问："传说，你们老家中午是要睡觉的？"我便恶声恶气地回答："不用传说。你面前这个，就是习惯午睡的。"

俱往矣。前天中午两点半打电话给外地的一位朋友，电话响了好几声她才接听，而且哼哼哈哈的，毫不热情。我一时怒从心头起，恶自胆边生，道："怎么？我打电话给你，你不高兴啊？就是不高兴，假装高兴骗人开心一下会死啊？"

那边静默了有半分钟，这才开口道："是李子啊？嗯，我刚才正睡觉呢，迷迷糊糊的，没听出来是谁……"

啊，我这才发现，我已经有很久、很久、很久没有午睡过了，而且，脑海里也已经没有了午睡的概念。

把房子打包吧

老六说，北京的交通状况是最值得诅咒的。我深有同感。特别是在上下班高峰期，你乘地铁，根本就别指望有座位，能不被挤死就谢天谢地吧。您坐公交，不仅挤而且堵，平时三十分钟的路程走一个小时，那不叫堵，算正常。您打车或者开私家车，那不一样吗？都得堵着。

所以，在北京上班，住在单位附近是最值得羡慕的。我一位朋友，两年时间搬了三次家，因为跳了三次槽，每次跳槽都在单位附近找房子住。2003 年，《新京报》创刊，员工都在报社附近租房子，生生把那一片的房价给抬上去了。

但是人不能一辈子总是租房，绝大多数人还是想有自己的不动产。而买房最大的不便就是你不是蜗牛，无法把房子背在身上。你无法把房子打包，走哪带哪儿。假如你现在到单位附近买个房，过两年换了新工作，就很有可能每天要把大量时间浪费在上下班的路上了。

“好吧，”你说，“我不跳槽还不行吗？我就在公司附近买个房，然后死心塌地，就在这里工作一辈子。”

好，首先，愿你的公司永远兴旺发达，而你在公司一直顺风顺水，外界也没有足够的诱惑，你没必要跳槽；其次，公司永远在这里办公，永远不换地方。

话说京城某知名网络公司原在东四环某地办公，便有不少员工思谋到东四环以东的通州买房子。通州房子便宜啊，离公司又不远。买房前还是心里不踏实，于是去问老总：“公司会不会搬家？”老总斩钉截铁、信誓旦旦地说：“不会。”大家就放心去买房了。

没想到，几年后，公司做大了，在中关村建了办公楼，整个公司全搬了过去。这下子，所有买房的人都傻眼了：通州离中关村有四五十公里呢，再加上堵车，每天在路上耗四五个小时都是正常的。难道这时你还能去质问老总：你不是说公司不会搬家吗？

当然，公司搬家也未必全是悲剧。交了狗屎运的人，也不是没有。

我一个朋友去年买了房子，离公司相当远——他倒是很想在公司附近买房，可惜那里的房子贵到离谱，根本买不起。买了房以后，实在无法忍受天天挤公交换地铁再换公交，正考虑是不是辞了职，在家附近找个工作算了，公司却忽然决定，搬到他家附近办公。从此，他每天只需要步行五分钟，就可以到公司了。

如此幸福，让多少人羡慕啊。

逐公司而居

古人逐水草而居，今人逐公司而居，其精神内核其实是一脉相承高度统一的：都是为了有口饭吃。所谓有面包处即故乡，哲人诚不我欺。

而北京是这样一个城市：它大到可以容纳所有人的梦想，也大到让人心生恐惧；它有着高度发达的公交系统，但道路之堵、地铁和公交车之挤也有口皆碑。身为悲摧的上班族，在上班时转乘两三次地铁公交或者开车堵个把小时，都是司空见惯寻常之事。故，如能居于公司附近，免去挤车堵车之苦，便是幸福了。

通常来说，单身男女多半愿意在公司附近租房子住——当然，如果公司附近寸土寸金，挣那一点钱还不够租合租房子，也就只好到更远处租房子了——如果跳槽，或者公司换办公地点，也就相应地要重新租房搬家。有个哥们儿五年跳了四次槽，地点从天通苑到王府井再到国贸又到八角游乐园，也就相应地搬了四次家。他不算惨，起码是自己主动选择，另一个哥们儿，两年时间，公司换了三次办公地点，自己被迫跟着搬了三次家。

但一旦结束单身状态，要跟爱人双宿双飞，就往往不得不搬到远处去住。因为爱人跟自己，往往不会在一起工作，你在天通苑，她在大红门，两个人中就必须有一个做出牺牲，或者双方都做出牺牲。至于成了家立了业买了房子养了孩子，基本也就没有了逐公司而居的可能。在这种情况下，选择在哪里买房，就是一件十分重要的事了。

当年，某知名网络公司在东四环四惠附近办公，员工买房的首选，自然是东五环外的、有地铁可直达的通州。有谨慎的员工，还专门问了下公司领导，公司有没有换办公地点的打算，得到否定答案后，才去安心买了房。谁知世事难料，几年后，公司有了大发展，遂去中关村买了楼，那些在通州买房的员工就悲摧了……

当公司搬了家，而你无法逐公司而居时，是选择跳槽还是选择在上下班路上耗费更多的时间，这是个问题。但很显然，无论哪个选项，都不是那么让人满意啊……

据说有个哥们儿选择了跳槽，放弃多年来的积累、大的平台和升职加薪机会，应聘进了一家小公司，就是为了公司能离家近一点。

但他没有想到了是，刚过了试用期，公司就通知要搬家，也是很远的地方。

这个可怜的人，当时就崩溃了……

奋发努力，或者干脆换掉。

忙不暇震

这个词是我生造出来的。意思是，忙得连地震也顾不上理。

那时我手头正有一堆事忙不过来，恨不得自己长出三头六臂。忽然间觉得天旋地转，心想，是不是最近太勤奋了，睡眠不够，大脑供血不足？却发现面前鱼缸里的水在波动，紧接着 QQ 上闪成一片，说的是同一个消息：地震了。

竟然松了一口气：原来是地震呀。既然不是过劳死的前兆，那就没什么关系了。揉了揉酸胀的眼睛，继续狂敲键盘。差不多过了有二十分钟吧，才忽然反应过来：地震？地震！原来是地震？我的天，怎么可能忙到如此心无旁骛，连对地震都麻木不仁？

后来知道，并不是我一个人如此。一个朋友说她那时正给外地某客户打电话，客户很难缠，她费尽心力才算搞定，放下电话后，却发现身边已经空无一人。站起身来，茫然四顾，隐约想起刚才公司似乎是有一阵骚乱，许多人来回奔跑，有人高声尖叫影响通话，她十分厌烦，只好用手指堵住耳朵，坚持把电话打完。而现在电话打完了，同事们也都撤了，只剩下她一个人了。她过了好一阵子，才明白刚才发生了地震。而这时，地震也过去了。她愣了一会儿，决定坐下来，翻开电话簿，接着给客户打电话。

这两件事发生在北京。其实 5 月 12 日地震那天，北京只是晃了几晃，并没有什么严重的事发生，我们只是虚惊一场。

那么说说四川吧。

一位四川的朋友，姓余，在QQ里说了这么一件事：地震来时，他们正跟着老板和另一家公司谈判。忽然大地晃动，门窗咯吱乱响，两位老板居然镇静自若，继续针锋相对、锱铢必较。倒是他觉得情况不对，先后派出两位同事出去打探消息，但那两人都一去不复返，自顾自逃生去了。

到了这时候，他实在忍耐不住了，打断两位老总的唇枪舌剑，说：“地震了！”

老板愣了愣，这才对另一位老总说：“哦，那么，好吧，王总，我们今天就谈到这里。改天约时间再谈吧。”

然后转过头，说了一句把他雷到五体投地的话：“小余，你去通知大家，今天下午放半天假。明天只要楼没塌，就还回来给我上班。”

干吗要加班

一项调查显示，2009 年，上班族加班已成常态，每周平均工作时间为 44.6 小时，也就是说，几乎每人每天都要加班一个小时。

此项调查，让我心中无比酸楚。因为我自己，也是加班族中的一员，特别是临近年底这两个月，加班时间绝对远远超过这个平均数。

这么多人都在加班，当然有些是必须的。比如说，真的遇上了万恶的资本家，给你安排了无数工作，不加班根本干不完；或者你自己要求上进，希望工作精益求精，自愿加班加点。前者悲哀无奈，后者激情满怀，不过这班，都是必须加的。

但也可以肯定地说，有许多加班根本是毫无必要的。有相当一部分人，上班时间打游戏、玩开心网和微博，到了下班时间却做埋头苦干状。我甚至知道这样一个极品，中午饭能吃到两三点，到四点多又出去逛街吃饭，到了七八点再回公司，到十点钟再打卡走人。几乎天天如此。不明真相的老板看着打卡记录，以为这是一枚绝世稀有好员工，却不知此人加大了公司办公成本，根本没有创造出多余的价值。

我们为什么要加班呢？到底是先有老板喜欢看员工加班，然后有员工加班投其所好呢，还是先有员工积极表现，主动加班，然后就形成了加班文化呢？我们还是不用讨论这类“鸡生蛋还是蛋生鸡”的终极问题了，我只知道，在一个有加班文化的公司里，是十分让人不爽的。明明下班时间已到，你手头的工作也已经干完，但周围的所有人都正襟危坐，在键盘上运指如飞。在这时你要准点下班，甚至会有不安和内疚心理——真是奇怪，从什么时候开始，我们在行使自己正当权益时，开始不安和内疚了呢？

话说我曾在某个有加班文化的公司待过一段时间。某天下班后，偌大一个公司，近百号员工，准时打卡走人的只有我和另一位同事。在等电梯的时候，这兄弟将一份杂志卷成筒状杵到我嘴边，做 CCTV 记者状：“整个公司只有我们两个人按点下班，你对此有何感想？”我答道：“这说明我们工作能力很强，工作效率很高。我们是靠能力和高效完成工作的，应该受到嘉奖。”

这位兄弟是坚决的不加班主义者。在他看来，天天加班的人只有两种，要么无能，不能胜任工作，要么就是装着很忙。正常情况下，八小时工作时间，其实最多用上五六个小时，也就应该把所有工作处理完了。

最近一直在加班，我便在 QQ 上咨询他，自己应该归到哪一类？这兄弟很快回了一句：“你哪一类也不属于。你只是应该考虑换一份工作。”

与工作若即若离

太过用力太过持久的拥抱，也会让人窒息。我猜测，这世间最美好的关系，应该都是若即若离。无论是爱情，还是工作。

那年春天，我遇上了职业生涯的一个坎儿：有一个升职加薪的机会，但是需要去总公司任职，而总部在外地。说实话那条件是很优厚了，薪水几乎翻倍，而且在总公司待上两年，基本上就可以到哪个分公司独当一面，职业前景可谓一片光明。

应该说这是多少人打破了脑袋都抢不来的好事。但是我却开始犹豫了。

因为上班对我来说，只是一项“必需的罪恶”。虽然我不必完全靠上班才能赚钱养家糊口，但上班起码可以让我有一个基本的社会交往，有一个相对比较规律的生活。这对我来说是十分重要的。在那之前，我因为对上班深恶痛绝，曾经辞职在家做过小半年 SOHO，结果整个人的生活都乱套了：晚上不睡早上不起，饮食不规律，缺乏运动，萎靡不振，几近抑郁。后来出来上班，又觉得天天在路上堵着、在格子间里待八九个小时很痛苦，于是每天都要给自己做思想工作：你不是也 SOHO 过吗？事实证明，你不适合那样的生活，还是乖乖上班去吧……

这么说吧，我对上班，并没有多大兴趣，也没有多高的期望值。

我没有什么事业心，只想迅速完成工作，然后去写点自己喜欢的东西，干点私活。我只是做一天和尚撞一天钟——不过既然撞钟了，也就还算认真地把钟给撞好，结果得到了“上头”的赏识，决定重用我。“重用”当然会有好的回报，但可以肯定的是，也会有更多的责任，付出更多的时间和精力，会更加地辛苦。而这些，并非我所愿。

正在犹豫的当儿，有位朋友介绍了份新工作：到某媒体做编辑。薪水不高，但好处是不必每天坐班。我考虑了大概两三天，就做了决定，交了辞职报告，换了新工作。

我现在的生活状态就是，每周去公司两次至多三次，高效处理相关事务，偶尔顺便约人吃个饭。其他时间就在家宅着，读书，看碟，写字，遛狗，下厨。对于这样的状态，我很满意。

有个故事，说某人一心向佛，出家后却受不了青灯古卷的清苦，于是决定还俗。在俗世里待了一段，受不了喧嚣吵闹，又上山到寺院里出家。如此反复数次。后来老和尚对他说：“你也不必出家，也不必还俗。就在这半山腰上摆个茶摊吧。”

我就是那位在半山腰上摊茶摊的人，离佛很近，离红尘也不远。我安于这样的生活，享受这样的生活。若你路过，不妨讨杯茶吃，万丈红尘里的纠结与悖论且抛在脑后，且去品味茶香，品味这一刻的静谧。

好工作的三个标准

第一个标准，有“钱途”。

毋庸置疑，我们上班，我们把大好时光全消耗在单位，是为了挣钱，挣足够养家糊口安身立命养老婆孩子和房子以及养老的钱。所以，把“钱途”放在第一位。

第二个标准，有前途。

有没有更大的平台和发展空间、更多的人脉、更多的学习机会，以及升职的可能。许多人所以愿意在一个工作压力大、收入不理想的地方坚持下去，而且愿意主动加班不计报酬，就是因为觉得自己在不断进步，自己有前途。

第三个标准，爽。

应该说，这个标准与前两条有交集。因为挣钱多也很爽，觉得自己在不断进步、很有前途也很爽。不过我们重点说的是其他方面，也就是更偏重于个人感受的方面。

说到爽，没有统一标准。

你热爱这份工作，把你的兴趣当成了职业，这是一种爽；

觉得这工作很清闲，工作时间自由，也是一种爽；

你觉得这工作比较有面子，比如你是外企百领，或是政府公务员，可以拿来炫耀的，这也是一种爽；

你在单位很受重视，经常受表扬，大家都很尊重你，当然也是爽；

你干脆就是老大，一言九鼎，手中握有权柄，毫无疑问，爽；

你觉得同事间关系不错，单位经常有集体活动，你们有事没事也经常聚聚餐，这也是一种爽；

你家离单位很近，走路就能过去，不必挤公交车换地铁，这也很爽；

单位有健身娱乐器材，上班时间可以去打打球出出汗，这也很爽；

甚至，单位有美女可看，赏心悦目，心情很好，当然也是爽；

还有办公室恋情……老六就写过一个故事，说某人因为喜欢一个女子，所以主动要求去她那个又辛苦又要经常出差待遇还不高的部门。一天有八个小时和她相对，太幸福了，太爽了。

不再一一列举，回到主题。

有“钱途”、有前途、爽，是好工作的三个标准。能同时占了这三个的，是稀世珍宝，一般人很难遇到；能占了两条的，已经算是好工作，值得你为它付出和努力了；即使只能占一条，也已经算不错了。

你要知道，在这世界上，还有许多人从事的职业，挣钱很少，只能勉强糊口；平台很小，没有什么发展机会；从工作中也得不到什么乐趣。三条标准，一条也没有，居然也就一天天过去。很快，就是一生。

chapter 8

第八章

干一行，毁一行

干一行，毁一行

那天坐地铁，听到旁边一个女孩子问另一个女孩子：

“快放假了，我想去买几瓶高档点的红酒。你们家（家在这里指单位，即公司、工厂）的红酒不是挺有名气吗？我买哪种好？”

“你要买我们家的酒啊？是送礼还是自己家喝？”

“自己家喝。”

“那就别买高档的。我实话对你说，我们家高档红酒和普通红酒都是一样的，区别只在包装上。包装豪华就是高档红酒，比普通包装的贵十几、几十倍，全是骗冤大头的。你就别去花这冤枉钱了。”

我发现周围的人和我一样，都在饶有兴趣地听着这场对话，并试图从对话中或是那个女孩子的服饰上发现这是哪个品牌。遗憾的是，没有。这是我们的不幸而是那家酒厂的大幸——它的一个员工，爆了一些内幕，险些把它的牌子给毁了。尽管是小范围内的毁，但那也是毁啊。

这就是传说中的“干一行，毁一行”。有这种习惯的人似乎还真不少。

一位做国外知名品牌运动鞋生意的朋友，身家数千万，却从头到脚都找不到一件名牌。他还经常劝大家伙儿不要买名牌：“名牌有什么好？我们就是 ×× 牌运动鞋（他说了一个世界知名的品牌，由于可以理解的原因，我用 ×× 代替）的生产商，对方什么都不做，只提供贴牌。不贴牌子的是普通鞋，几十一双；贴了牌子就是名牌鞋，卖到数百上千。”

一位在奶制品企业上班的朋友，早几年就不喝牛奶，而是自制豆浆喝。在他的宣传鼓动和带头作用下，他的亲戚朋友大都买了豆浆机，以至于我一度怀疑他是某品牌豆浆机的托儿。

某作家当年被人爆料枪手替写事件一度炒得沸沸扬扬，读者大都替作家叫屈，并坚定地支持作家。后来却有出版业内人士说，那其实也只是一个高明的推广策划而已。作家有新书出版，以这种方式来吸引大众眼球。

你在某一行待久了，便会知道太多内幕，这些内幕被业外人士知道，是很影响这一行的形象的，严重时足以毁掉这一行。但是，大众有权利知道这些，使自己少受愚弄、趋利避害。从这方面来说，“干一行，毁一行”其实是很崇高的品质。

所以，有过在时尚杂志做编辑的经历后，我对那种极尽奢华之能事的范儿早就失去了信任。有必要告知各位：从某种意义上来说，时尚杂志算得上是奢侈品生产厂商的托儿。时尚杂志所倡导的时尚生活，并不一定能提高你的生活质量和品位，却一定能迅速掏空你的钱包，刷爆你的信用卡，让你成为月光一族。别过分追求什么潮流了，自己舒适就好。

卫斯理交剧本

我这个人吧，性子有点急，手头有点什么活儿，就朝也思暮也想，急欲干完而后快。混迹职场多年，换了几个单位了，恶习始终难改。

刚参加工作那阵子，我曾在一个国有单位做过一段秘书。刚到新单位报道，老板就安排了一个材料，要我 15 天内写出来。我一半是本性，一半是想表现，当即着手查资料，做调研，天天晚上加班，只用了 5 天时间就大功告成，把材料摆到了老板的办公桌上。心里正美滋滋地想着老板会夸自己手快能干呢，老板却只是随手翻了翻，连两分钟都没用完——要知道，那个材料有两万多字呢，当时还没有电脑，是手抄的，好厚的一沓——就开始提修改意见，什么理论高度不够了，挖掘得不够深啦，事例不够翔实啦……总之都是一些泛泛而谈、放之四海皆准的道理，听得人一头雾水无从把握。末了拍着我的肩膀说："年轻人啊，做事还是要认真、踏实，回去多下点功夫，把材料改好了再给我。"我当时年轻啊，硬是没听出人家的弦外之音，立马又加班修改材料，然后再交上去，结果又被打回来，再改——算了，具体过程我不细说了，总之这个材料，我先后折腾了四五遍，翻来覆去地改，最终定稿，可跟我的初稿也没差多少啊！

后来混成职场老油条了，就掌握了前辈的必杀之技：活儿就算干完了，也决不提前交，老板问时就回他说："我正做着呢，有点麻烦，不过也差不多了。您放心吧，我这两天再加加班，一准儿按时交工，保证误不了事。"这样既显得自己很勤勉，也不至于被人反复折腾，尽做无用功。

老实说，我当时虽然也经常这么干，但骨子里对这一套是很鄙视的，觉得这是国有单位的极大弊端。但后来跳槽到了私企，才发现天下大同，哪个地方的乌鸦都是黑的。私企老板也是人，如果他给你 10 天时间干一份工作，你却只用了 3 天就干完了，那么对老板来说，会有两种可能：第一，他从此发现你有超强的能力，会给你安排更多的工作，却未必加薪升职——当然也未必就不加薪升职。但可以肯定的是，你的同事大半也会讨厌你，因为你的能干高效反衬出了他们的无能拖拉，你的职场人际关系由此会变得很差。另一种可能，也是更大的可能，老板会怀疑你做事马虎，交差应付，不够认真。再加上你又给了他足够的时间来犹豫、反复、挑毛病，毫无疑问你会很惨，你是在自己给自己找罪受——职场啊，总是有着种种荒谬的存在，而这些荒谬，又显得是那般的合理。

前不久读《蔡澜谈倪匡》（倪匡即卫斯理），说有位导演求卫斯理写剧本，卫斯理答应一个礼拜交货，结果三天就写好了，却放在抽屉里，对方怎么催也不给，一定要等到最后期限。

不禁大笑，觉得卫斯理也是我辈中人。

反差，或是真相

可能你已经知道了，许多知名的两性作家，或者婚姻情感专家，都没有好的婚姻。比如某婚姻专家，经常举办培训班，教人提升亲密关系，也离过三四次婚。

原因也许是：他们太敏感了，看得太透彻，反而更容易悲观；对爱情、对婚姻要求也太高，更不愿意妥协。古人说，不痴不聋，不做阿家翁。婚姻里其实也是一样的。两人相处，难免会有些矛盾和龃龉，普通人可能因为比较“大条”，没有觉察到，或是懒得细想，马马虎虎也就过去了；以研究两性为职业的人，可能就拿着放大镜乃至显微镜，再三再四地琢磨，不停地钻牛角尖，最终结果，可想而知。

或许你还不知道，心理医生（或者叫心理咨询师）是最容易出心理问题的，业内人士都知道，香港某心理治疗师，就是一个忧郁症患者。而这绝不是特例，有统计数字表明，心理医生是自杀率最高的行业之一。一个段子说的是，某人一直有自杀倾向，于是去找心理医生。治疗几次后，效果明显。但当他再次打电话预约时，却得知，他的心理医生刚刚自杀了。

没错，心理医生的专业是给人解决心理问题，但他们自己，也有自己的问题需要解决。而且，他每天听人说那些烦心事，接触到了太多的负面情绪，心理更容易出问题，比普通人更容易崩溃。他们很难像普通人一样，随便找个人倾诉一番，就能（起码是暂时地）放下。他们往往需要更多的方式，比如旅游、静修等，来平衡自己的身心能量。在国外，一个心理医生往往有自己的固定的心理医生，需要定期去做心理减压治疗。

这就是反差，或者，是残酷的真相。每个人都有自己生命中的劫数，都不得不面对人生的锋利和惨淡。人生有时更像是一个悖论，你知道得更多，未必活得就更好。人性太复杂，看得越透彻，就越容易感到自相抵牾的痛苦。相反，不钻牛角尖、懵懂无知的人，可能更容易到达幸福。

算了，不讨论这么高深的问题了，我们来说点八卦，开心一下好了。

某名满天下的青春书编辑，曾经做出了许多非常纯情或是少女感十足的小说，深受广大怀春少女的喜爱。但其人，却是一个满脸胡楂子的中年黑胖男。好玩的是，和他同一个出版社的另一位编辑，出版过不少武侠小说，却是一个林妹妹式的柔弱女子。

某明星，在舞台上美轮美奂，艳光四射。知情人士却说，她的双眼皮是拉过的，颧骨是磨过的，乳房和屁股是隆过的，腹部和大腿是抽过脂的，脸上是注射过肉毒杆菌的。尽管如此，她没化妆之前，还是绝对不让人拍照的。

某时尚杂志编辑，终年套头衫、牛仔裤、运动鞋，全身上下没有一件饰品，看上去一点也不时尚。其实他是真正参透了时尚精髓的人，他根本不去追风，不为流行所累，但这身打扮，却永远也不会落伍。

方便不方便

我曾经的公司，租的办公室是商住两用楼。一二十号人，有男有女，塞在一个三室一厅里，共用一个卫生间。方便的问题，就不太方便了。

如果你像我一样天生敏感，你就会明白，使用这种卫生间真是需要一点勇气的。卫生间的门正对着客厅（也即办公区），你坐在电脑前，噼里啪啦的键盘声里，卫生间里的风声雨声声声入耳。那么当你自己进去时，自然会像做贼一样小心翼翼尽量不发出声音来。曾有人在卫生间里办大事，尽管开了排风扇，恶臭还是透过门缝，丝丝缕缕在头顶萦绕，经久不散。有了这等不愉快的经历，下次你就是吃坏了肚子，恐怕也得尽量忍着，以免刺激大家的嗅觉，影响大家的心情。还有，当你急着一泄为快时，卫生间门口排着队，里面还有人打持久战，这样的情况也很常见。你只好尽量少喝水，以减少如厕频率。当然，发现卫生间闲置时，即使不是太急迫，也最好去清空一下内存。

我猜测，女同事中是颇有几位十分豪爽的。因为在废纸篓里总是能时不时地发现一些色泽和形状都很可疑的事物。其主人不知何处去，倒是无辜的我凭吊古迹，没来由地一阵脸热心跳。还有一次，拧开把手推门，忽然听到一声高分贝的尖叫，原因里面已经有人（异性），而事后检查结果，门锁并没有坏掉，也就是说是对方的责任，她如厕时没有反锁上门。身为女人而有如此行径，除了大条之外，实在没有形容词好讲了。

后来跳槽到某杂志当编辑，卫生间终于独立于办公区之外了，而且是男女分开的。但是，办公区在五楼，男厕却在三楼——不要质疑设计者的智商，这杂志是女性杂志，除了我之外，所有编辑全是女的，因此四楼和五楼全是女厕是合理的。身为那万花丛中唯一的绿叶，我只能这样安慰自己：上个厕所，还顺带减了肥。值！

那卫生间最让人不爽的，倒不是它所在的楼层，而是它的设施。话说我们的办公楼虽然位于长安街旁，寸土寸金，却是一幢老楼，没有电梯（刚才说了要爬楼梯的），卫生间里也没有热水。春夏秋三季还好说，到了冬天，便后洗手也成了一件非常需要勇气的事：这是北京的冬天啊，冷水浇在手上，感觉到的不是冷，而是像无数根钢针直刺进骨头，那真是让人难忘的疼啊……

我忍不住很八卦地想，我那些娇怯如柳的美女同事们，是如何把她们嫩若葱根的纤纤玉手伸到水龙头下的？特别是在每个月都有的不能碰冷水的那几天，难道就不洗手吗？直到后来某一天，见一位美女同事从抽屉里抽出一张湿纸巾，认真细致地擦手，才算模模糊糊有点答案了……

厕中百态

还在上学的时候，就发现女人和男人的不同，不在于穿着打扮和第二性征，而在于她们做什么事都要找个伴儿。不管做什么事，去食堂打饭、去逛街、去图书馆，甚至是上厕所，也要呼朋引伴，携手搭肩，结伴而行。这实在让人觉得莫名其妙：其他也就罢了，上个厕所也要找人陪，真有必要吗？

在某公司时，男女卫生间是相邻的，只有一墙之隔。于是在这边办事时，常可听到那边各种声响：除正常的风雨之声外，还能听到女人间的窃窃私语。涉及女人生理问题的自不必说，还有相当一部分是关于公司的种种八卦：谁跟谁有一腿，谁靠了谁的关系上位，谁是个狐狸精，谁又是个吃软饭的，甚至公司近期要做什么人事调整，谁会升职谁会滚蛋，应有尽有——让人吃惊的是，那个人事调整居然真的应验了。此是后话，暂且不提。

相形之下，男同事在卫生间里聊大天的就极少，大家最多点个头打个招呼，然后就各办各的事——或者会迅速扫一眼对方的隐私部位，做个比较。有调查表明，90% 的男人在卫生间都会这么做。一般来说，卫生间的味道不会太好，但有几位“瘾君子”进了门，第一件事就是点上一根烟，据说是莫大的享受，其快感堪比事后烟。

男人之间也有异端。有一位看上去衣冠楚楚的人物，我多次发现他如厕之后不洗手就施施然走了出去，以至于后来跟他在同一张餐桌上吃饭时，本能地犯了恶心。而另一位，则会带了洗面奶、洗脸海绵，甚至梳子、发泥之类，不仅洗手，还要洁面，打理头发。于是常常有这样的情况发生：有人推门进来，发现有人正在对镜整理妆容，当即吓了一跳，以为自己误入女厕，急忙退出。再定睛一看，没错，上面标识是男性啊，于是再推门进来，才发现糊了一脸白（洗面奶）的这位，原来是同性。

还有位暴强的仁兄，如厕时也紧紧攥着手机。如果是办大事，则一定会打数个电话，接发数条短信。这真是让人感慨啊，真的至于这么忙吗？闻着臭气打电话，不会影响思维和心情吗？

后来公司搬到 CBD 某大厦内，寸土寸金的地方，卫生间的条件也得到了很大提高。热水是 24 小时的，洗手液和手纸是肯定不会缺的，有专人不时打扫，真是干净整洁、一尘不染、没有任何异味，甚至会有淡淡的香——那应该是空气清新剂的味道吧。相较而言，此处甚至比人满为患的办公区格子间更让人觉得舒服一点。

但是按那位仁兄的标准，此卫生间也存在大问题，就是和中国移动八字不合——也许还有联通和小灵通，但是他用的是移动，所以不关注别的——只要进了卫生间，手机肯定就没有信号。这让他很是恼火，甚至一度因此发生排泄障碍。

中国移动真的应该为许多事负责，但是它万万不会想到，它竟然也要为一个人是否便秘而负责。

你有几张名片

“你要哪张名片？自己挑，需要哪张就拿哪张。”

我是在参加一个电视节目时遇到他的。当时主持人介绍他的身份是古兵器专家。节目结束后，我递上名片，介绍自己是出版编辑，想要张他的名片，看以后有没有合作的机会。这家伙便从助理手中接过皮包，从里面摸出四五张名片来，捻成一个扇形，说了上面一番话。

那几张名片上的头衔各不相同：某网站的汽车频道顾问、某品牌洋酒大陆地区总代理、某公司总经理……古兵器专家并没有印在名片上。哦，对了，他还说，自己是某小资时尚杂志的专栏作者——看他一身唐装，研究古兵器，居然写时尚稿，这反差是不是太大了点？

很多年以前看过一篇文章，说的是香港节奏快，压力大，许多人都要打两份工。当时觉得不可思议，现在大家做兼职也很普遍。一个出版编辑，兼职做点审稿、校对，或是给报纸杂志写点文章，或是攒两部稿子，不过是赚点辛苦钱罢了，许多人都做过；至于自己开个图书工作室或是图书出版公司，在给这个人创造剩余价值的同时也从另外一些人身上取得剩余价值，这种事也是屡见不鲜。不过，这些都可以算是利用职务之便干点私活，用的还是自己的专业知识。像上面这位爷，做N份职业，居然全不搭界，那可真是太强悍了。

职业多了，印名片就有点麻烦。我一位作家朋友，在某房地产公司任职，他的名片是双面的，这边印着专业作家，那边印着某公司副总。好在那公司让他做副总，大半并不是要他做什么实事，而是要用他专业作家的牌子给公司贴金，这名片拿出来就没有什么问题。但是，如果你在名片这边印上某出版社编辑，另一边印上某图书公司总经理——您觉得，合适吗？

而且，有人有不止两份职业的话，双面名片也印不下。经常见有人一张名片密密麻麻印上许多头衔，给人的感觉……怎么说呢？就像一个人把他所有的衣服饰物都穿戴在身上，长袍马褂加上西装，碧玉扳指配金项链，东西倒都是好东西，但这样一搭配，您想是什么样子？

所以，还是这位古兵器专家的办法好，印几张不同的名片，看人下菜碟，挑合适的递过去就是了。

不过，名片多了也会惹麻烦。某次我去做一个采访，身份是某杂志特约记者——当然我没在那杂志上班，但一直给它写稿，有张特约记者的名片自然比较方便一些。递上名片后，对方很疑惑地对我上下打量。当时还没觉得有什么不对，事后才发现，我那天忙中出错，递上的名片不是杂志记者，而是出版社编辑。

那人该不会怀疑我是个骗子吧？

“抬头”戏法

“抬头”即英文 Title，职务之意。看一个人在职场中的生存状态如何，当然要看他的“抬头”。但“抬头”也许并不一定就是实力，也会有种种戏法。

有朋友跳槽到新公司，薪水待遇却没有什么提高，细细盘算，还有所减少。那他何苦来哉？干脆在原公司待着好了，做生不如做熟嘛！原来，他在原公司只是个部门副总，到了新公司就是业务主管，连升两级。如果不是跳槽，他起码需要三五年光景才能升职，而且事实难料，三五年后，还未必能上位成功，能有现在的“抬头”呢。

话说某公司高管另有高就，顺便也带走了一批亲信。但是他新公司预算有限，不能开出足以诱惑大家跟他跳槽的高薪。不过山人自有妙计，他想出了一个惠而不费的办法，低薪但是高职：“你到我这里来做，虽然薪水没有什么吸引力，但是我可以给你一个很高的‘抬头’。这样你的身价就高了。你做上一段时间再跳槽，就已经有了更好的职场资历，可以找到更好的工作了。当然，我的希望是，到那时，我们公司已经做得很好，可以给你让你满意的薪水了。”

这位高管给出的“抬头”起码还是实打实的，有许多公司是玩“抬头”戏法的。一家小公司，不过五六个人，七八条枪，却个个都是经理，就连初出茅庐一脸稚气的小孩子也拿着烫金的经理名片行走江湖。这就未免有点太过胡闹，以至贻笑大方了。我知道的另一家公司就有分寸，前台、扫地的阿姨以及刚毕业的大学生，是坚决不能给经理“抬头”的，最多给个经理助理。也就是这家公司，销售部有九个人，有七个销售经理。你要打电话过去，是那个唯一不是经理的实习生接的电话：“您好，您找我们经理？请问是找张经理、王经理、李经理还是赵经理？总负责的？那是找总管了，啊不，是主管。”

在这种大环境下，你要是名片上的“抬头”低于经理，简直就不好意思掏出来给人。我的一位朋友就因为名片上的“抬头”太小而愤然辞职：“我们公司老总简直脑子里有水，‘抬头’印高点有什么关系？又不用他花钱，又满足员工虚荣心。更重要的是，‘抬头’高一点，出去谈事也好谈。一大堆经理，你一个助理跟人家怎么谈生意？”

流风所及，连一向严谨端方的外企也学会了玩“抬头”戏法。话说我曾经收到过这样一张名片，中文这面印的是经理，不经意看英文那面，却是 Assistant（助理）！

这算是有中国特色的双重“抬头”吧。

请拨分机

手机响时，我正在车上，一时腾不开手去接。等下了车回拨过去，“嘟嘟”响了两声之后，是一个电脑女声：“你好，这里是某某公司，请拨分机号码，查号，拨零。”

听到某某公司，我心里就明白了。于是按下“零”键，对那边说：“你好，我找你们贺总。”

是一个小姑娘接的电话，声音很甜：“好的，我帮您转过去。下次您可以直接拨分机号码，888。”

“贺总”的电话一通，我就大吼一声：“老贺，你搞什么鬼？怎么就安上分机了？公司做大了，换地方了？”

“哈哈，没有没有，还在老地方。先不说这个，下午有没有时间，过来喝茶？”

“好，不过，我要晚一点，六点左右吧。你在公司等我吧。”

六点一刻，我到了“贺总”的公司。该公司位于通州梨园，地铁附近的一栋写字楼内。各位可能有所不知，朝阳区甜水园和通州梨园，是北京两个最大的图书公司聚集地。全国各地书店的图书，估计有一多半是从这两个地方出来的。这两个地方图书公司的数量，多得惊人。比如梨园的这栋写字楼，进了门，就会发现右侧整整一面墙上，钉满了两寸高五寸宽的牌子，全是某某文化公司。大概计算一下，这栋写字楼里的文化公司约有一两百家。坦白说，我第一次来这里时，真是被这一面墙给吓着了。直到现在，也还是要感叹一下的。

当然，这些公司普遍规模都很小。以“贺总”的公司为例，就是一间不过八九平米的写字间。靠着北边的一面墙勉强挤下四张电脑桌，就是编辑部、发行部和财务室。另一面只留下一条狭窄的过道，过道尽头靠窗位置摆了一张小小的圆桌子，加上两把折叠椅，就是“贺总”的办公室兼会客厅——只能用折叠椅，客人来了打开，客人走了就折起来靠墙放着，可以节省空间啊。

“贺总”就坐在“会客厅”等我。这时员工都已经下班走了，只剩下我和“贺总”，我说话也就更没有了忌讳：“老贺，你就这么一个小公司，三五个人，七八条枪，挤一间小破房，有必要搞什么分机吗？我是最烦这东西了，先拨总机，再拨分机，觉得相当麻烦。”

“贺总”狡黠地一笑：“你不懂了吧？要的就是这个麻烦劲儿。跟我们打交道的作者和经销商，基本上是不会到公司来的，他们对公司的直观印象就是电话。所以，一定要用分机，一定要把程序复杂化，这样才能给人一个公司很大、部门很多、实力很强的印象。要是整个公司就一部电话，老总和员工共用，你想想，那会给人什么感觉？”

说话工夫，电话又响了。“贺总”看了看号码，拿起话筒，逼紧了嗓子，模仿女孩子娇滴滴的声音，出现了我中午听到的那一幕电话流程。

我在一旁强忍着没有笑出声来，几乎憋出内伤。

艳照门之前

话说很多年以前，某女歌星嫁给老外，专门出了一本书来炫耀自己的幸福婚姻。书里有许多照片，记录的全是和大胡子老公在一起时的甜蜜时光，让人看了羡煞。不料，后来两人发生婚变，该女歌星又向媒体爆料，说那夷族大胡子如何不堪，如何暴力，经常对她施以拳脚……

我明白八卦别人的不幸是不道德的，但还是忍不住瞎想：是他们原本相爱，后来才渐生龃龉；还是本来就有问题，那本书，只是面向大众的一场表演？

其实我们都知道，明星（以及名人）可能是最容易发生婚变（以及情变）的群体。但他们又是最容易在各类媒体上秀恩爱的人。曾有某电视节目专请名人夫妻出镜，这些男女在镜头前都表现得感情深厚、亲密无间，会讲出许多感人至深催人泪下的故事和细节，让你觉得有关部门不颁发一块模范夫妻或是五好家庭的牌子给他们，简直就是严重失职。但是，过上一段时间，你可能会在无意中发现，当初在电视上表演恩爱的那两个人，现在已经劳燕分飞各奔东西，甚至公开反目，向媒体爆出许多猛料，比如某方早有第三者甚至第四者、第五者。你再一算时间，俨然是上电视前发生的事。此情此景，怎能不让人一边呕吐，一边怀疑爱情以及人生？

见得多了，你也就渐渐有了些常识：明星的恩爱就像绯闻一样，往往只是做秀，只是为了出镜，为了宣传所需，根本当不得真。

我所在的杂志有一个爱情故事栏目，专为大大小小的明星名人提供恩爱秀的阵地。职责所在，我需要采访和编辑一个又一个唯美的、浪漫的或是深情的、感人的爱情故事。因为明星需要树立这样的形象，读者也需要的这样的爱情传奇。但在内心深处，我是有点抵触甚至是不安的。在艳照门之前，阿娇是纯洁的，冠希是阳光的，娱乐圈是和谐的；但艳照门之后，一切就都不一样了。我们从采访到杂志面市，差不多有三个月的周期。三个月啊，会有多少传奇发生，三五次艳照门都绰绰有余。

最新一期杂志刚刚出印厂，摆上大大小小的书报厅。那对璧人正在杂志封面上含情脉脉地对视微笑，而摆在旁边的娱乐报纸头版，就是他们反目的重磅报道。此情此景，真真凄惨到了搞笑的地步。

还好，还好，这一切并未当真发生，只是存在我的梦中而已。

不过我也只是认为，我有足够的好运气。

走在时尚边缘

当初我对时尚杂志感兴趣，是因为觉得时尚杂志有钱，去做编辑收入会高。时尚杂志全用铜版纸印刷，看上去就很豪华。时尚杂志的广告，珠宝、跑车、时装和高档化妆品，都是要大把花银子的东西。时尚杂志里报道的那些人物，明星、名人和富豪，哪个也都不是缺钱的主儿。时尚杂志身为奢华、时尚生活的载体，它的编辑，也应该是这种生活的身体力行者。

后来，我去了一家时尚杂志做编辑，就发现，我错了。

时尚杂志编辑的收入其实不高，这使他们根本没有可能过他们所倡导的那种生活。我们杂志某期广告，一条裙子就要大几千，直至上万。稿子编好后，大家都有点闷闷的，不大爱说话。就不说豪宅、跑车和珠宝了，你一个月的收入，甚至不够你买一条裙子。这种感觉，太不舒服了。

到某明星家采访拍片，对方住着价值千万的豪宅，还抱怨自己住的差，准备换房子。如果是你，你会是什么样的心理？你见过许多富人，参加过许多奢华的派对，这让你越来越知道，你其实是个穷人。房价在涨物价在涨一切都在涨，工资却一直没涨。几乎每次开会都有人会提加薪，也有过几次小道消息说头儿在研究了，最终也都是空欢喜一场。

时尚杂志编辑也许是离时尚最近的人群，但他们的收入，使他们根本没有资格时尚，他们只是走在时尚边缘的人。

明白了这一点后，我就开始忍不住钻牛角尖，思考一个终极问题：这群并不时尚的人，真的能把握和反映时尚的精髓吗？他们编出来的杂志，真的能引领时尚潮流吗？

我的前辈同事回答了我的疑问：“你以为真正的富豪、明星或者时尚人士会看我们的杂志吗？会按照我们倡导的时尚去生活吗？才不呢。他们最多把我们杂志当成一个宣传自己的阵地。我们杂志的真正读者，是那些没有能力过奢靡时尚生活，又对这种生活十分向往的人。他们通过时尚杂志，了解和想象那种和他们完全不同的生活，像灰姑娘幻想自己可以在某个时刻坐上南瓜车。说得明白和不客气点，这其实是一种妄想。不过这种妄想自有它的积极意义，它可以让自己为了过上这种生活，而更加努力。”

这样看来，所谓时尚杂志，其实就是由一群并不时尚的人编出来的，给另一群渴望时尚生活的人看的类励志读物。

时尚杂志的编辑和读者一样，都是走在时尚边缘的人。

转行易，转行难

某日与同事八卦，得知我现在坐的工位，之前颇有几位现在已经鼎鼎大名的人物坐过，其中一位就是凡客诚品的 CEO 陈年。

网上查了一下这位前辈的简历：陈年，提前一年大学肄业，倒卖过钢材、收集过建材信息；后受席殊之邀，担任《好书》主编，接着又创办了文化界知名刊物《书评周刊》；几年后离开文化产业，开始做电子商务，先参与创建卓越网，又创办我有网，创建 VANCL 品牌，网上销售衬衫 T 恤等服装用品，得到多家风投资本战略投资，成为国内最著名的互联网电子商务公司之一。

真是励志而传奇的人生。且不说他跳了多少次槽，只说各种跨行，就足以让人高山仰止：一个倒卖钢材的，忽然就进了文化产业，而且小有成就——这两个领域之间，有一毛钱关系吗？离开文化产业去做电子商务时，他对互联网还一窍不通，竟然也很快做到风生水起。这人太厉害了，不佩服都不行。

这年头，跳槽已经算是寻常事，换过三五份工作的人，大概要远超过一份工作做上十年的。不过，大多数人跳槽，基本都还只是在某一个领域内换来换去，能转行跳的并不多。像陈年这样，转一行爱一行，而且都能做得好的，就更是凤毛麟角了。

或者可以用一句俗之又俗的话来解释：是金子，放在哪里都会闪光。或者叫一通百通。一个人只要脑子聪明、勤奋努力、愿意钻研、善用人脉，再加上那么一点运气和机会，无论去做什么，总是容易做到优秀的。有些人跳槽时只会考虑自己熟悉的行当，而不敢去试试新的领域，这可能也局限了自己的发展。一个事实是，某些行业确实比另一些行业更有前途，如果你胸怀大志，觉得本行业已经不能满足自己的理想，那么有机会时不妨转个行——当然一切从头开始需要付出更多的努力，也可能会冒更大的风险，这一点，你要有心理准备。

说起转行跳槽，想起来微博上的一个段子：

一朋友，一年多前遇到他，是安装宽带的技术员；半年多前遇到他，是在某某电器商场卖数码产品；两个月前遇到，居然在一露天大排档当大厨，特意点了一盘菜，味道还真不错；刚刚，我去修车，居然在车行遇上他了，没错，他做了修车师傅。我说哥们，你转行的跨度还敢再大点吗?

这个段子很欢乐，不过从职业发展的角度来看，他的各种转行，似乎并没有合理规划，而且也没有提升自己，一直都是在职场的底层。那么这些跨行对自己的职业发展就没有什么好处。好的跨行应该是，找更好的以及更适合自己发展的领域，让自己不断得到提升。

不过话又说回来，选择职业的另一个标准，应该让自己开心。如果人家愿意，快乐，那又有什么关系呢?

chapter 9

第九章

打卡强迫症

打卡强迫症

最铁面无私的，不是你的老板，而是那台打卡机。你迟到就是迟到了，哪怕只是迟到一秒，它也会毫不留情地记录在案，到月底、年终，就成为奖惩的依据。

所以，在9点将至的写字楼里，最常见的情景就是，一大拨人气喘吁吁甚至热气腾腾（满头满身大汗，的确是热气腾腾的，对吧？）地飞奔过去打卡，待打完卡后，整个人立马松懈了下来，可以慢条斯理地开电脑，刷杯子，泡茶，甚至出去吃早点。

吃一个早点，少则一二十分钟，多则半个小时以上。但有趣的是，行政只严抓打卡纪律，反复强调，绝不允许代打卡，有违者进行通报批评并扣工资，屡教不改者开除。对先打完卡再出去吃早点的事，则基本是视而不见。时间在打卡前后的价值完全是不同的，打卡前分秒必争，打卡后则可以肆意浪费。

这倒也罢了，最让人无语的是，如果你今天因为某种原因而没有打卡——无论是你忘了带卡，还是你带了卡而忘了刷，那么对不起，即使你今天努力工作成效累累，打卡机也只会报告你没有打卡，是旷工，然后扣你的工资。这不禁让人陷入了一个终极思考：到底是工作更重要，还是打卡更重要？我们来到写字楼，是为了工作？还是为了打卡？这是个问题。

我有时候会胡思乱想，如果有外星人在地球从事间谍活动，他们也许会向自己的总部发出这样的报告：在地球上，有一种叫“公司”的怪物，每天上午把人吞进去，到下午再吐出来。吞进去叫上班，吐出来则叫下班。而“公司”的最高首脑和绝对权威，是一种叫打卡机的东西。每个人都很崇拜它，要一天两次向它汇报自己的行踪。打卡机就是地球人的信仰，地球人的上帝。

有过几次忘记打卡而被扣工资的悲惨经历后，我一度有了心理障碍。常常是正在埋头干活时会忽然打一个愣怔，怀疑自己是不是又没有打卡。然后就开始认真回忆今天进写字间时的每一个细节：门是关着的，打了卡才能进来；或者和某某人一起进来的，自己先打了卡他才打；或者卡原本在包里装着，打完了卡才挂到脖子上……如此种种，直到确信自己打过卡了，才可以安心工作下去。

另一位同事的症状比我更严重。她不仅怀疑自己漏打卡，还会怀疑自己打卡没有打上。于是每天上下班，别人只打一次卡，她至少要打两三次。有时候调皮起来，索性十遍八遍地打卡，作为一种娱乐。行政本来怀疑她替别人代卡，后来发现她只是有打卡强迫症，也就只好听之任之了。

可怜那打卡机，如果多少有点人类的思维和情感，估计不被她烦死，也已经发疯了……

宠物与权益

英格兰沃里克大学研究表明，喂养宠物不仅能减轻心理压力和焦虑感，还能降低血压，降低人的抑郁程度。同时，宠物还能加强人们之间的社会交往、密切关系，从而改善他们的身心健康。

而办公室则是一个十分不适合人类生存的地方，在这里，几乎每个人都有压力和焦虑，都有挥之不去的孤独感——你身边的人虽然不少，但大多只是在工作上的合作关系，很难成为知己。

这么说来，办公室似乎是最需要养宠物的地方，但是办公室里恰恰又最不适合养宠物。因为它是公众、办公场所，常规宠物会发出声响，会有特殊体臭，会发生位移，而且需要排泄，这些都会严重影响他人。还有，遇上周末和假期，宠物需要独自待上好几天，吃喝拉撒也是个大问题。这样考虑来考虑去，最适合在办公室饲养的，似乎就是乌龟了。

但在办公室养的最多的并不是乌龟，而是金鱼。金鱼似乎比乌龟要麻烦一点，需要经常换水；金鱼也更娇贵些，容易挂掉，但是金鱼好在观赏性比较强。看电脑屏幕看得烦了，转过头看看那几条在水草里游来游去的金鱼，心情就会好许多。

也有人养过另类的宠物。某人先是养了一条小青蛇，闲着没事就把它拿在手里盘着玩，虽然有点吓人，但大家都知道青蛇并没有毒，也就忍了。后来此人变本加厉，又弄了个玻璃缸放在案头，里面居然是两只硕大、油亮的蝎子。他在玻璃缸上贴了张纸条，上书：动物凶猛有毒，请勿靠近。这话没错，此蝎即有名的霸王蝎，毒性强烈，不小心被它蜇一下，会有生命危险。

此蝎子引发了全民恐慌。而根据大家平时对这哥们儿的了解，他也不是听人劝的主儿。但是身边有这么个危险的东西，总是让人心神不宁。好在老总很快让行政通知这哥们儿，说他有两个选择：第一，让蝎子马上消失；第二，他和蝎子一起消失。他识时务地选择了第一种。

这个故事告诉我们两个道理：第一，卤水点豆腐，一物降一物；第二，老板凶猛，超过霸王蝎。

关于宠物，还有一个让人啼笑皆非的故事。某人要求老板加薪水，并流露出“不加薪就走人”之意。老板担心失去一个有用之人，本来已经准备屈服，却忽然发现她的电脑桌上新添了一缸金鱼，马上决定不再加薪了。

老板的逻辑是，一个真的准备跳槽的人，根本不会愿意添置任何物件，更不要说宠物了。她既然要养金鱼，说明她起码在短期内根本不准备挪窝。那么，也就没必要加薪挽留了。

最终结果表明，老板是对的。

外公俱乐部

老胡的老婆生了孩子，果不其然又是个女儿。

为什么要说“又”呢？难道，老胡违反了计划生育基本国策？这倒不是。老胡这女儿是头胎。之所以说“又”，乃是因为，鄙公司最近两年，同事有添丁之喜的颇有几个，女同事倒还有一两个生男孩的，至于男同事，无一例外，全是女孩。大家开玩笑说，长此以往，我们可以成立个“外公俱乐部”了。

有人把生女孩归为公司风水问题，说改造一下回廊，加一道影壁，就能阴阳平衡。其实真没那么玄乎。我们都知道，生男生女由男性决定，而男人的蝌蚪决定后代的性别。上班一族，因为长期遭受电脑辐射，又久坐不动，局部温度过高，写字间里空气质量又不好，生命力不强的 Y 蝌蚪就先行挂掉了，生女孩的概率自然升高。而网络公司要经常加班，这方面的情况就更为突出，就更容易生女孩儿了。

不只是白领，研究表明，出租车司机、货车司机，生女孩儿的概率也很大，因为他们虽然开着车满世界跑，自己却是久坐不动的。而飞行员、空服员、麻醉师之类，因为气压和辐射的缘故，也多半会生女孩儿。还有厨师，整天对着灶台煎炒烹煮，也是天然的“外公俱乐部”成员。我的朋友胡元骏曾经是一位酒店大厨，他说，大厨们多半是不穿内裤的，因为厨房里实在是太热了，如果穿内裤，局部湿热难当，通风不良，就很容易“淹裆”——出湿疹，以及皮肤溃烂。在这种情况下，蝌蚪质量如何，不必细说了吧……

虽说现在生男生女都一样，但毕竟，不过是打一份工，竟然要殃及下一代，实在是让人很不爽啊。我们为了这点养家糊口的钱，付出的已经太多了，自由，青春，健康，梦想，与爱人相处的时间，甚至还有最可贵的尊严……职场对我们的剥夺和压榨，实在是太多了。有些是有形的，有些则是无形的。我又开始钻牛角尖地想，能不能不上班呢?

有朋友准备实施造人工程，戒烟戒酒自不必说，还和老婆一起辞了工作，钻研厨艺，打球游泳，登山玩水，快活似神仙。他倒不是为了避免成为外公俱乐部成员，而是觉得这样，更有利于制造出健康的后代来。

但是，即使不是为了造人，我们也应该这样活着吧?人生贵适意，天天在格子间里挣命，应付房贷以及信用卡账单，这是怎样悲惨的人生啊!

不是每个人都有他这样的条件和勇气的。祝他成功吧。

一起抽支烟

在这个“人脉＝生产力”的年代，独自抽烟的人是可耻的。

从某种意义上来说，一起抽烟，算得上是一种社交活动，而且是重要的社交活动。写字间里，每个人都待在属于自己的小小的格子之中，面前是坚硬的屏幕，指下是冰冷的键盘，哪怕是离你最近、触手可及的邻座，一天下来你也难得跟他开口打个招呼。

而抽烟的人是有福的。他们可以经常约了一起出去抽支烟。互相递烟、点烟，吞云吐雾，顺便发发牢骚，骂骂变态上司及猪头同事，八卦一下天气、交通、外卖之类，几分钟之后，就觉得整个人轻松许多，可以继续进格子间被摧残了。长此以往，经常一起抽烟的人，自然会有烟友成知己的感觉。

一起抽烟的功效并不仅限于此。有时候，几位同事一起抽烟，甚至相当于一个小型会议，抽完烟，就某件工作也就达成了共识，可以去执行了。但如果是线上会议、邮件往来，估计扯上半天也未必能决定下来。

江湖传言，某人新到某公司，还没有找到烟友，只好独自躲到楼梯间去过过烟瘾。恰好老板也过来抽烟，就随口聊了几句，发现这小伙子挺有想法。随后又经过考察，破格提拔，让他去负责某个大项目了。

不好确定此事真伪。但可以确定的是，当你和上司有共同爱好时，你就更容易接近他，从而让他了解你，发现你。同样，当你和同事有共同爱好时，你也比较容易融进圈子。

抽烟当然有害健康，但如果有益职场，那你是选择抽呢，还是不抽呢？这是个问题。

我是不抽烟的。但我曾经的上司有烟瘾，而且喜欢叫上某个人，或是几个人，一起出去抽支烟，在抽烟的过程中把某项任务定下来。在这时，我也只能虚应故事，叼上一根烟，不过是只把烟吸到嘴里就吐出来，不往肺里走。

现在的上司不抽烟，开会就在会议室，我也不用再被烟折磨了。但有时候，还是会怀念那个烟雾缭绕的楼梯间，大家随随便便站着，互相递烟、点火，不仅放松，而且高效，还有一种亲近感。这是在会议室里正襟危坐所没有的——您说，我这是不是犯贱呢？

北京现在公共场所全面禁烟，写字楼里也贴出了通告，禁止在写字间、楼梯间、卫生间以及所有场合抽烟。但这根本不可能执行下去，因为公司并没有设抽烟室，而让有烟瘾的人一整天不抽烟是极不人道的。要抽烟的人，还是会躲在人迹罕至的楼梯拐角，或者是大厦天台，吞云吐雾一番。而且，当抽烟成为禁忌，一起抽烟就更有共同犯禁的快感，会更增加亲密和友谊。

曾有一位关系不错的同事，也不抽烟。我们常常溜出去聊聊天，喝喝茶。但接头暗号也是：走，一起去抽支烟吧。

惊悚午餐

哈姆雷特的问题是：活着，还是死去？而我以及我的同事的问题是：今天的午餐怎么解决？

每周五天，从周一到周五，每天差不多从上午 11 点开始，我都会问自己这个问题——经常不只是自问，而且要和同事们互相问。每当这时，我就开始怀念我的上一家公司。不为别的，只为了那里的午餐。

那家公司隶属某国企，在东长安街上，一个小院，四幢楼，里面有无数个机构——我直到离开那里时仍未弄明白到底有多少个。国企自有国企的派头，在那寸土寸金之地，居然专门拿出一层楼来做职工食堂，真是大手笔。午餐是自助餐，花样不少，而且基本上天天都有变化。荤素搭配自不必说，主食也有米饭和面条供南人北人选择。此外还有各种小点心、粥汤类以及水果。你就是再挑食，也总能找到几款适合你。

而现在，位于 CBD 核心区的这家公司，自然是没有食堂的。每到中午，大家就只能各自想办法填各自的肚子了——这是文雅的说法，用一位前辈的话说就是，“每天中午，大家都像野狗一样到处找食吃”。你想象一下，每天中午，在烈日或寒风里，数千人从一幢写字楼里涌出的情形吧……

当然也可以选择外卖。打个电话，让人送盒饭上来，就在格子间里几口扒完，还可以趴在电脑前小睡片刻。我通常五到十分钟就能吃完一个盒饭，我同事最高纪录是两分钟。盒饭是不需要细嚼慢咽的，因为越细嚼越咽不下去。不过这也没有什么可抱怨的，关于盒饭，我从来就没有把它定义为食物，它只是一个能量块，像汽油之于汽车，电能之于手机——你见过汽车、手机抱怨过汽油和电不好吃吗?

公司里有带饭一族，大概也分两类吧：一类是刚参加工作的小孩儿，薪水微薄，不得不在午餐上节省，几个包子，或是最简单的炒饼、盖饭，就是他们的午餐；另一类，则是比较讲究生活质量的，中午带饭居然能四菜一汤外加水果沙拉，让人看了就眼红。我这厢口服着能量块，看人家在那边有滋有味地享受美食，喉咙深处都想伸出手来抢劫一把。后来就按捺不住，自己也置办了野餐包、饭盒之类，欲加入带饭族，结果没两天就受不了了。上班差不多要在路上耗一个小时，天天带个饭盒挤公交换地铁，排队等微波炉，吃完了还得刷饭盒，这事儿，太麻烦了。

话说带饭还有其他凶险。饭盒放进公司的冰箱，有时可能就会被拿错——有些人甚至根本就是故意的。某日在工作群里，有一位同事大骂："谁偷吃了我放在冰箱里的鸡爪子，让他烂自己的爪子！"接着就有另一位同事说了句话，让我们遍体生寒："你还好啦，我刚刚发现，我饭盒里的肉被人偷吃光了，菜和米都还在……"

迟到指标

听老爸话当年，说他那时是何等的敬业勤勉，别的不说，全勤奖那是差不多每个月都能拿的。搁现在，搁北京这样的大都市，几乎是完全不可能的。你可以非常自律，保证自己从不早退，从不请假，生病了也坚持到岗，但是你没办法保证自己从不迟到——哪怕你每天提前一个小时出门也没法保证。因为在上班路上，总是可能会有种种意外发生。

就在昨天，地铁一号线发生故障，估计迟到的人要数以万计。如果说地铁故障是小概率事件，那么堵车就是家常便饭，堵十分二十分根本不算什么，堵上四十分钟一个小时也不算少见。如果哪天上班高峰期居然一路畅通无阻，那倒真是让人觉得意外。上班一族，谁没有因堵车而迟到的经历?

在这样糟糕的交通状况面前，有点人情味的公司对员工迟到也就持比较宽容的态度。鄙公司就规定，每位员工每个月可以有三次迟到机会，超过三次才会处罚。另外可以有两次漏打卡，这是十分珍贵的指标。我刚入职时就有前辈指点：本公司迟到半小时即以旷工论，要扣半天工资，迟到一小时就要扣全天了。如果你实在来得太晚，那就不要打卡，走漏打卡流程混过去好了。

查一下考勤记录就会发现，每个月的上中旬，大家都很少迟到以及漏打卡，而到了下旬就多得多。这其实是正常现象。上中旬当然要小心谨慎，尽量别迟到。但到了月底，你忽然发现，自己本月才迟到一次、漏打卡一次。反正又没有全勤奖，这些指标不用完，总让人有点不甘心。到这时，有条件迟到要迟到，没有条件迟到创造条件也要迟到，反正不能便宜了万恶的资本家。

话说有这么一位兄弟，在某月的 29 日下午，发现自己还有一次迟到的指标没有用掉，而第二天就是 30 日，即本月的最后一天。也就是说，他必须在 30 日迟到一次，否则这个指标就过期作废了。但他又不能迟到太久，上面说过了，迟到半个小时就算旷工，他的漏打卡指标又已经用完了。要拿捏好这个分寸，还真不是太容易。

30 日这天，生物钟让他准时醒来，他在家里磨蹭了一会儿，比平时晚 15 分钟出门。结果这天交通状况意外地好，他到了公司楼下时，竟然比平时还早到了半个小时。他下决心一定要迟到，于是在周围晃悠了好久，直到自己已经十分无聊了才上楼，到公司门口时刚好 9 点，他又磨蹭了一下，9 点零 1 分打了卡，进了格子间，开电脑——却发现电脑显示时间是 8 点 58 分。

原来是他的表快了。

他终于浪费了这个迟到指标。

损人不利己

职场之上，竞争激烈，有人做了损人利己之事，虽然会常常让人齿冷而愤怒，但事情过后，细细一想，还是可以原谅，起码是可以理解的。

让人无法接受的，是损人不利己。

书界传说，某编辑拿到一部小说，作者开价首印 15000 册，8% 版税。编辑报老总后，老总说首印 12000 册倒能够接受——不过，去跟作者谈一下，10000 册如何？编辑就给作者开出 10000 册的价来，作者也同意了，就让传电子版合同看一下。那编辑却忽然鬼迷心窍，在合同上填了 8000 册。作者当然很生气，拒签。于是，这编辑此前的一切工作都白做了。他只能回复老总，对方坚持首印 15000 册，谈判无效。

意外的事在后面。那作者把书稿另投，出版后大火特火。如果是这边签下来的话，按销量编辑能拿好大一笔提成。作者又出新书，又卖得很火。编辑此时肠子都悔青了。

更难堪的事还在后面。老总看这作者正红，便要这编辑去约部新作来。编辑自然约不到，老总便亲自出马。结果，那作者冷笑道："当初书稿投贵公司，再三压价，谈至 10000 册犹嫌不足，到签合同时竟然出尔反尔，压到 8000 之数。前何倨也，后何恭也！

现在想要新书？门都没有！”

老总招来编辑，细细盘问。编辑瞠目结舌，无以言对。他的下场，不言而喻。

在职场之中，经常会遇到像该编辑一样的人，他们损人不为利己。你要说，蛋糕就这么大，你切一块大的，我就只剩下小的，这时候大家竞争，损人利己，这还可以原谅（其实我已经很瞧不起这种行为了，我的想法一直是：世界很大，与其竞争，不如开拓）。你要说，位子只有一个，你占了我就坐不了，那你努力把我拉下来，我就是恨你怨你，也还可以理解。但是明明大家可以合作共赢，明明蛋糕很大位子很多，明明你损了我对你一点好处也没有，为什么还要损害别人？这是我永远也想不明白的。

职场上存在竞争很正常，损人利己很正常，技不如人愿赌服输，不必心怀怨愤。以后说不定还会合作和竞争，可以有钱大家赚，或是损他而利你。但有一种人是绝对要小心的，最好能远离，就是上面说的损人不利己的人。

小心点吧，损人不利己的人，其实不少。就是我自己，也曾津津乐道地传过某某的八卦，事后想想，这对他有损，对我何益？

韭菜门事件

某人最近被公司开掉了，原因是他喜欢吃韭菜。

韭菜这东西，爱者说其香，厌者说其臭，可谓见仁见智。总之那股子浓烈的气味，并不是每个人都能接受的。此君爱吃韭菜，每天早餐不是韭菜包子就是韭菜馅饼，完了又不肯嚼口香糖，开口说话时便难免有口气。这颇让一些同事不快，但也都还隐忍不发，离他远点也就算了。但后来，此君竟然带了一瓶子腌韭菜花到公司来，每到饭时，便打开来佐餐，于是整个办公室就弥漫着一股子可怕的味道。韭菜门事件居然惊动高层，经理专门找此君谈话，请他不要再吃韭菜。但此君多年嗜好，实在难改。经理虽怜其才，觉得他工作做得还不错，最后也不得不忍痛割爱，多付了两个月薪水，客客气气地请他走人。因为嗜吃韭菜而丢了工作，是不是有点太冤?

不只是韭菜，在办公室里，一切有强烈刺激味道的食物，如生蒜、大葱，都应该是绝对禁止的。我是北方人，爱吃面食，而吃面一定要佐以大蒜。郭德纲语录：有蒜没蒜，我照样吃面，哪怕蒜上刻着 CCTV。郭草根只是在借机指桑骂槐呢，北方人吃面，怎么能没有蒜?

但吃蒜后，口腔就会变成严重的空气污染源。一个刚吃了生蒜的家伙开口说话，那味儿能熏死人！连我这样从小习惯了吃生蒜的人，也受不了别人嘴里散发出的那股异味。而且这味道极难清除，什么嚼茶叶、吃口香糖、喝牛奶，全没多大作用。就是刷牙，也只能清洁口腔，不能完全去除后患，喉咙深处还是会不时冒出异样气味——您总不能吃完蒜后，再去冲洗食道、洗胃和灌肠吧？

以我的经验，要闻不到别人口中的大蒜味，必杀技是自己也去吃大蒜。但这样一来，整个办公室必然弥漫着浓重的大蒜味，外人来此，必掩鼻而逃。所以，像我这样有职业道德的人，是绝不会在工作时间吃大蒜的。

话说这一天是周末，我就着几瓣紫皮大蒜吃了一碗炸酱面，正满意地直哼哼，手机忽然响了。

是公司一位女同事："李哥，你下午有没有时间？我们一起去见个客户吧。"

我说："不成。我刚吃了大蒜，现在出去，会把人熏死。"

那边沉默片刻，然后惊恐万状地问："啊，原来你是真的吃生蒜啊？"

"这有什么大惊小怪的？你们南方人不吃生葱蒜，北方人吃很正常啊。小时难道不吃生葱？"

小时是山东人，她的老公，也是我的朋友。上次和小时一起吃饭时，小时曾狂啖大葱蘸酱，并感慨，人在职场，未尝此味久矣。所以我才有此一问。未料，那边说道："是啊，我没见他吃过。"

我满怀悲悯地说了一句："你老公真可怜。"

马桶君负全责

在《写字楼妖物志》里，我写过一个叫《光合》的短故事。

人事总监见过许多辞职报告。

辞职理由五花八门，有些颇让人无语。

比如下面这个：

“窗外起高楼，挡住了阳光。”

至于嘛！

找当事人、一个乖巧的小姑娘谈话：“给你换个有阳光的工位，是否就不辞职？”

小姑娘答道：“是。”

工位隔板很高，成一个独立空间。

所以无人发现，她沐浴在阳光下的肌肤，是绿色的。

像草木一样。

可以脑补为，这位姑娘是植物成妖，所以需要靠窗户的位置，以便能晒到太阳。成妖云云当然纯属胡扯，不过这个故事倒是真有其原形：我曾经的同事，就是因为工位太靠里，晒不到太阳，就交了辞职报告。而结局也并不是《光合》这样的大团圆：公司批准了她的辞职报告，她也找到下家，但悲摧的是，在新公司，她的工位上依然没有阳光。

不过本文的宗旨不是说阳光，而是谈辞职的理由。身为一个资深跳槽犯，我待过许多公司，也就知道种种奇怪的、匪夷所思的离职理由。

某人的辞职理由是：旁边的同事早餐总是吃韭菜馅包子，自己实在受不了那个味儿。

某胖子十分怕热，而旁边的同事又怕冷，夏天总是要拿报纸把空调出风口给盖上，弄得自己总是一身的汗。

某吃货嫌单位食堂的饭菜太难吃，愤而辞职（好吧，同为吃货的笔者表示理解）。

某人嫌公司前台长得太丑，严重影响心情（难怪招前台都要招漂亮的）。

某人因单位换了指纹打卡机，当即决定辞职（他以前应该是经常让人帮忙代打卡的吧）。

某人坚信，自己和公司“八字不合”。理由是，自从入职以来就诸事不顺，财运和桃花运都衰到极点。

不过我所知道的最八卦的辞职事件，应该是下面这个。

某公司办公室租约到期，就到另一栋写字楼里租了房。搬家当天就有人提出辞职。理由是，新租的写字楼里，洗手间里的马桶是蹲式的而非坐式的。他说，自己是一个胖子，血压又高，蹲坑容易出生命危险。

这个辞职理由太爆强了，完全没有任何反驳余地。

只是，如果我是他的上司，我一定会郁闷无比。

职业规划、薪酬体系、激励机制、人性管理……种种留人的措施加到一起，竟然敌不过一只小小的马桶。

亲来亲去

那天在家里接一个电话，随口便说："好的，我知道了。谢谢你，亲爱的。"

接完电话，看到老婆警惕的目光，不禁暗叹一口气："是我同事。"

老婆便笑了。她知道，我们编辑部的习惯，是大家互称"亲爱的"。

——亲爱的，稿子我编好了，放在公用文件夹里，你有时间看一下。

——亲爱的，这稿子有点水，你再编一下，从 3 页压缩到 2 页吧。

——亲爱的，周一下午开会，别忘了。

——亲爱的，别忙活了，该吃午饭了。

在这种环境里，喜欢听甜言蜜语的女人自然会心情不错——你到什么地方能听到这么多的"亲爱的"？但身为男人，难免就有点尴尬，对女同事叫"亲爱的"，会不会有点太肉麻？男同事倒不用考虑，因为暂时，编辑部只有我一个男的。

到后来，我对"亲爱的"已经非常习惯了，在有些时候还是难免尴尬。比如说，对着那位电影明星一般的美女主编，我就常常不知该怎么称呼。首先，对美女叫“亲爱的”显得太过套磁；其次，对头儿叫“亲爱的”是不是有点尊卑不分？

还有，我们的作者，绝大多数也都是美女。她们在网上聊天也习惯了以“亲爱的”开头。这让我也很为难。因为那厢并不知道跟她对话是我这样一个臭男人死胖子，我要是顺水推舟跟人亲来亲去，总觉得是在占人便宜；什么称呼也没有，就直来直去地说话，或是叫人名字，又显得太严肃和生分；那么，郑重其事地告诉对方，我是男的——有点太傻了吧？

我容易吗我？

在时尚情感杂志圈混时间长了，就明白“亲爱的”并不只是我们编辑部的特例。这个圈子里，绝大部分编辑和作者都是女性，大家亲来亲去很是正常。偶尔有个把男的，也得顺应这种潮流，否则就显得和这个圈子格格不入——具体到我自己，有时候会很无耻地想，反正跟美女互称“亲爱的”，自己也不吃什么亏不是？

“亲爱的”常常被简称为“亲”。如果是复数，则叫“亲们”。在编辑群里，就常见某编辑忽然冒出来：“亲们，9 号杂志截稿，大家多支持啊。”

我做编辑之余，也顺手给某杂志写过大半年稿，和责任编辑亲来亲去了大半年。我的本名和笔名都有点中性，那个编辑也偏阴柔了点，大家都以为对方是女的。后来杂志开笔会，第一次见面，那边一条黑凛凛的大汉，这边一个胡子拉碴的胖子……

想起在网上的那些甜言蜜语，真叫一个吐啊……

打卡惹的祸

曾在某公司待过两年。公司要求坐班，朝九晚六，早晚打卡。我纵横职场将近二十年，最痛恨的就是坐班，坐班还要求打卡，就更让人无法忍受了。但当时我对那家公司充满敬仰之情——张爱玲说深爱一个人可以低到尘土里，那么敬仰一家公司也是可以为它坐班打卡的。开始时，公司使用的是那种卡片打卡机，管理得也不是太严，我就常把工卡扔在工位上，路上堵车迟到了、有事需要早退了，就让同事代打一下，这样倒也还能对付下去。

后来忽然有一天，打卡机升级换代，换成了指纹打卡机。这个指纹打卡机，成了压垮骆驼的最后一根稻草。指纹打卡机启用一周内，先后有三位同事递交了辞呈——不，你想错了，我不在那三个人之列，尽管我痛恨指纹打卡机的心情一点也不比他们差。当时我的确有辞职的冲动，但是因为想到已经提交了休年假申请，而休完年假也就快到春节了，该领年终奖了，小不忍则乱大谋，就还是强撑到了春节后，才找了新工作，申请离职。

那谁说了：你笨啊，指纹套、指纹膜这类对付指纹打卡机的利器，在网上一搜一大把，百把块钱就能搞定一个。甚至你要是热爱手工，都能自己动手做一个，何至于到了要离职的地步？

好吧，我承认，我也是略懂百度和淘宝的，完全可以上网订制一个指纹套，像以前一样继续糊弄考勤；可是，我就是忍不住满心的暴躁，只想走而后快，根本不想再陪这个公司继续玩下去了。

因为在我看来，严格考勤打卡，根本原因是管理者的蛮横、无能和偷懒——如果说一棍子打死所有人不大合适，那我就加个定语好了：对绝大多数现代公司而言。

不管你能力有多强，工作有多认真，业绩有多高，没有打卡就是弥天大错。你下午陪客户吃饭，深更半夜还在加班加点写方案，本来上午没什么安排可以补上一觉，可是时间到了你就得强撑起来去公司打卡，否则就要扣你的工资奖金以及通报批评——这算是什么道理啊！

一个浅显的道理是，公司购买的其实是员工创造的（剩余）价值，而不是他的时间。除非有特殊需要，管理者应该关注的是如何提高员工的积极性和主观能动性，怎样激励他提高工作效率，以便榨取他的剩余价值，而不应该只把眼睛盯在他是否准时打卡上——打完了卡出去吃早点、上班时间逛淘宝玩游戏的，我们真是见得太多了……

只有不懂管理的管理者，才会把打卡提到至高无上的位置。在这样的公司，你完全没有必要继续待下去，有机会就马上走人好了。

坐班如阑尾

换了新领导没多久，桔子就想辞职了。

桔子是媒体人，采编合一性质，原本是不用坐班的，每周去一两次报社做版、开会即可。但是两个月前，老领导退休，新领导上任，第一把火就是抓纪律作风建设。于是办公室门口就新增了一台打卡机，每天朝九晚五，严格坐班，就连出去采访都得到总编室备案，经领导批准。这样一来，桔子就有点受不了了。

桔子是个夜猫子，习惯了晚上写稿，第二天睡到自然醒，通常起来就直接吃午饭了。现在要求九点打卡，也就是说最晚八点就得起床。睡梦正酣时被闹钟吵醒，挣扎着起来，对整个世界都恨之入骨。来不及吃早点，甚至来不及收拾打扮，蓬头垢面冲出门去挤公交换地铁，在单位耗上八个小时，从早到晚都昏昏沉沉，困到生不如死，什么也做不了。这样过了一个月，整个人都面色晦暗，业绩也直线下滑。

桔子说，自己实在想不明白，领导干吗一定要大家打卡坐班。我对此倒是有比较明确的解释：要么是他心理变态，喜欢以折腾他人为乐；要么是他掌控欲太强，一定要看着大家工作才放心；要么是他脑子有问题，完全没有什么管理能力。答案就在其中，可以单选，也可以多选。

在我看来，坐班纯粹是职场的阑尾。在大工业时代，生产资料集中在工厂里，大家需要到厂房里去，需要一群人分工合作才能完成任务，一个人缺席就会影响全体的工作，这时候才需要严格考勤，需要打卡和坐班。到现在，除了某些必须使用公司设备才能进行的或是必须当面沟通协调的工作，大部分工作可以在家里完成。一部手机，一台联网笔记本，就足以搞定一切，又何必硬性要求大家坐班呢？许多公司要求坐班，其实完全是出于习惯，根本没有动过脑子。

携程发起过一项“在家办公”的随机试验，期限为9个月。试验结果显示，在家办公的员工业绩有显著上升，平均增加12.2%；而其余那些没有被选中仍留在办公室工作的员工，绩效则无任何改变。同时，在家办公的员工更能得到生活与工作的平衡，有更好的工作态度和更高的满意度，工作离职率下降了50%。对企业来说，还节约了大量的办公室租赁费用和其他办公费用，实在是一件有百利而无一害的事。

有管理者以为坐班是职场的命脉和根本，但事实证明，它只是一条阑尾。割了以后，肌体反而更健康、更充满活力了。

chapter 10

第十章

食人族犯的错

食人族犯的错

有个笑话：有两个食人族到某大公司应聘，老总很满意他们的才干，但是担心他们会拿公司员工当点心。这哥儿俩赌咒发誓，说他们在文明世界很长时间，早就戒掉了吃人的野蛮习性。于是老总说，好吧，我雇你们了。但你们要小心点，只要让我发现你们旧习复发，哪怕是吃了一个人，你们就得给我卷铺盖滚蛋！

食人族进公司后，一直相安无事。时光如水，光阴似箭，转眼过了两个月。一天，老总突然把他们叫到办公室，一通臭骂，说公司的清洁工不见了，一定是被他们两个吃掉了。这两个人怎么辩解、赌咒发誓都没用，还是被解雇了。

出了公司大门，食人族甲就开始埋怨食人族乙："我早说了只能吃经理不能吃清洁工，你就是不听！你看，我们一天吃一个经理，吃了两个月，屁事也没有；只吃了一个清洁工就被发现了！"

与其说这是个笑话，不如说它更像一个职场寓言。在职场里，最底层的员工有时候比高层的管理人员显得更重要。因为前者要直接做事，而且往往是一个萝卜一个坑，一时半会儿也离不开。像那个清洁工，被食人族吃掉后，该她负责的那些清洁工作就没有人做，所以很快就被老总发现了。

一位朋友愤愤不平地对我说了这么一件事：她有次因事需要

请假一天，主管叽叽歪歪，就是不准，说她的工作没有人做。“好像老子有多重要似的！”最终还是她晚上加班，提前把活干完，这才得以准假。

更不爽的事还在后面。两个月后的某一天，她忽然觉得，似乎有日子没听主管唠叨了。在工作群里一问才知，那厮竟然休年假去了。已经走了一周多，事先也没打招呼。“她不在，马照跑，舞照跳，大家该干吗干吗，活儿一点儿也不耽误——您倒是说说，要她有什么用啊？她凭什么拿高薪，比我们自在？”

“我这里有两个答案供你选择，”我说，“A，承认人家比你高明。否则坐在那个位置上的不应该是她，而应该是你老人家。B，在一个公司里，一个人可以长期离开而不影响工作，这其实是一个危险信号。这表明，他已经可有可无，在下一次洗牌时可能会被洗掉。”

没有什么犹豫，她选择了B。

新人坐门口

除了门口，还有更适合新人的位置吗?

坐拥无敌海景的独立办公室，想都不用想，那是 CEO 们才有的特权。就是貌似众生平等的格子间，其实也因为位置的不同，而有着微妙的差别。比如可以背对着墙的位置，自然比后背对着过道更有心理上的安全感，聊个天打个游戏干点私活也不容易被人发现；比如临窗的座位，可以让眼睛暂时离开电脑屏幕，看看窗外的风景；比如靠近暖气片的，冬天自然比别人更加温暖。

先入职的、老资历的员工，自然可以挑了好点的位置，等到新人入职，大抵只能坐门口了。门口这个位置，的确是相当不舒服。不断有人出出进进，总让你觉得背后随时有人偷窥着，总是会打扰你的思路。而且也总有人不自觉，出出进进也不关门，于是冬天寒风阵阵，夏天热浪袭人。但你是新人，你又不好说什么，只好一趟趟起身关门，还得轻手轻脚，担心关门的声音太响，会让别人觉得你有情绪——新人，也配有情绪吗?

不过，坐门口也不完全都是坏处。你初来乍到，不是不认识各路神仙吗? 坐在门口，每个人都从你身边来来去去，你很快就会熟悉他们的。有时哪位同事不在，你自然要义无反顾地代人签收快递，然后再送给人家，这样也利于和老同事拉近关系。因为你在门口，迟到早退很容易被人发现，要玩游戏聊天之类也容易暴露，这样你就只好被逼着老老实实地坐在那里干活儿，时间长了，你也就顺利地成长为靠谱员工了。

到这时，如果有人离职，空出了好位置，你就可以向头儿或行政申请换个座位，或者干脆先斩后奏，自己把电脑搬过去占了好位置算了——通常来说，我觉得后一种更为靠谱。因为你要申请可能被拒，但是如果已经木已成舟米已成饭，头儿或行政也就承认事实了。老员工嘛，大家都会比较宽容些。

不过也很有些公司，正规到了讨厌的地步，入职时坐哪个位置，就一直得坐在哪里——当然，升迁除外。这样就很可能，你做了好几年了还坐在门口，太不爽了。你只好努力向上爬，以便拥有自己的独立办公室，或者，考虑换个地方碰碰运气吧。

在这种公司里，新人不一定就坐门口，可能还会坐到相当好的位置。不过这个位置上坐着的，是曾经的资深人士罢了。

话说我到某公司入职时，大厅已经座无虚席了，行政只好把一间小会议室腾出来，把我们几个新人安置了进去。外面是百把号人的大厅，里面是三五个人的小间，办公环境当然好许多，让某先入职的前辈羡慕不已。有时候，天上的确也是会掉馅饼的，是吧?

我一位朋友入职时也遇到这种情况，但那里已经没有小会议室可以利用，只好把阳台腾出来，让他一个人到阳台上办公去。

可以坐拥街景的独立办公室啊！如果不考虑冬天太冷夏天太热（阳台上当然没有暖气和空调）之类的因素，他这待遇，其实已经近于 CEO 了。

空降兵来了

某领导升职或另有高就，新的领导还没有任命，位置暂时空着。在这个权力交接的真空期，按理说会群龙无首一片混乱吧？但事实未必如此，许多人表现得反而比平时更加尽职尽责，各项工作有序推进，井井有条。这时甚至会让人怀疑那位正春风得意的前领导：既然他在与不在一个样，啊不，是没有他工作可以做得更好，那他凭什么得到升迁呢？应该罢黜才对啊！

玩笑，玩笑，成绩嘛，还是要归于领导的。至于在领导离开的日子里，大家仍恪尽职守拼命表现，大半是因为眼前忽然多了个胡萝卜——那个空出来的职位。

什么？你以为狼多肉少，一个职位不足以让大家都努力？离这个职位远的人更不必努力？错了。一个空出来的职位，如果操作得当，完全可以变成许多个职位，大家排排坐，吃果果，每人分上一个，皆大欢喜。

卫斯理有部叫《考验》的小说，就描述了类似的故事：教长去职后，土王安排副教长接任教长之职，新教长再任命自己的下属任副教长职务，新任副教长又把自己原来的职务传给自己的下属……如是操作，等于很多人都官升一级。

这真可谓是最理想的状态，但是很可惜，现实往往很残酷，能起决定作用的更大的头儿，往往不从内部提拔，而从外面调任一个新人过来接管一切。这，就是传说中的空降兵。

空降兵来了。对绝大多数人来说，都会觉得心里不安，没底，不知道新来的这位爷性情如何，好不好打交道，是不是喜欢折腾。那些对升迁抱有迫切希望的人，则像是挨了窝心一脚，不爽到了极点。有人心灰意冷，决定干脆跳槽了事；有人则挟能力或功劳或人脉或资历自重，准备给新领导一个下马威，为自己谋求更大的利益，最起码，既得利益不能丢吧；还有人已经在打听、了解新领导的喜好、风格，准备主动臣服……

而那空降兵，也要尽快巩固自己的势力，坐稳了位子。手段不外乎这些：携带得力助手，重新制订严格的规章制度以及工作目标，以小恩小惠或美好前程为饵拉拢旧臣，打击孤立甚至清洗个别头上长角身上冒刺的人物——所谓一朝天子一朝臣，不管你以前做出过怎样的成绩，现在空降兵来了，如果你不能尽快适应、配合，那结局就会很惨。没办法，职场啊，就是这么残酷。

一般情况下，这些冲突矛盾是悄无声息地化解掉的。也有时候，真的是会有你死我活的斗争，不是东风压倒西风，就是西风压倒东风。不过大多数情况下，都是东风——也就是空降兵取胜。被降服甚至排挤走的空降兵不是没有，但并不多。因为空降兵背后，有更高层的支持。要是这样他还能一败涂地，那水平也就太差了。更高层真的选错人了。

助理决定成败

我做杂志编辑的时候，曾经准备采访去一位艺人。事先跟她助理敲定了时间，然后就开始联系场地、摄影师、造型师，安排服装编辑借服装——因为不只是采访，还要拍大片。又走了一堆烦琐的流程，预借款、签外出等，又要查资料准备采访提纲，甚是鸡飞狗跳，乱了两三天。此时已是约定采访日的前夜，专门又打电话过去提醒那助理，别忘了次日的安排。此人却如梦初醒道："啊，采访是安排在明天吗？明天不行。明天 ××× 要去参加 × 慈善活动，早在一个月前就安排好了。我们另约时间吧。"

我当时心头一把无名业火腾腾按捺不住：你大爷的，老子前几天跟你定采访时间时，你怎么没想起慈善活动这一出来？你一句"另约"说得轻巧，我这里一大堆烂摊子怎么收拾？还有，如果不是我敬业、谨慎地又打了这个电话，你爽约都不会提前知会一声，明天我那一大堆人难道就只能干等？

当时在我脑海里飞快掠过的词汇要比现在狂暴、粗野和恶毒数倍，但事实上我什么也没说，只是默默地放下电话。几天后，那位助理对我说："××× 最近有档期，可以安排采访了。"我恶狠狠地回了一句："对不起，我们本期已经另安排人了，以后有机会再合作吧。"

以后合作？老子想的是，永不合作。

一位同行也曾被某艺人的助理雷倒过。该助理说拍摄场地太远，要求报销打车费用。我这位同行虽然心生鄙夷，但因为编辑部确实可以申请报销这项费用，也就答应了。但更雷的事在后面，那位艺人助理拿了车费，却不提供票据，让人怀疑她是不是已经在艺人公司报销了相关费用，费尽心机只是想贪污这一百多元打车钱。

那位同行只好自己掏腰包走平了账目，然后也像我一样想：永不合作。

其实这两位艺人都有不错的演技，也有过不错的机会，但一直混在二三线，没有真正红起来。我们觉得，这跟她们没有选对助理有很大关系。助理贪小钱、不靠谱，在不知不觉间毁了她们的形象，断了她们的星途。

说到助理，又想起一件办公室里的八卦来。某高管的助理，谁都知道那是一个不学无术的混混，什么事也做不好，人际关系又差，只会欺上瞒下。高管却偏偏认定了助理劳苦功高、忠心耿耿，其他人与助理有任何不睦，他一定会坚定不移地站在助理这一边，甚至为了助理和其他多个部门结怨。时间长了，这个部门自然人心涣散，业绩不断下滑，最后，该高管不得不黯然离职。

说得严重一点，有时候，真是助理决定成败啊。

你有什么用

老家亲戚来北京看病，先找到我，说某专家的号挂不上，让我想想办法——你知道，在老家人的思想里，一个能在“北京混”的人，一定是个有办法的人，什么样的人都应该能找到，什么样的事都应该能搞定。他们不知道，一个外地人在北京，其实往往是在底层，许多事根本没有办法。

扯远了，回到正题。我一边听他絮叨，一边心里发愁，忽然间脑子里灵光一现，想起一件事来：他们要找的那个专家，似乎我们杂志前一阵子刚做过一个专访。于是打电话给健康编辑，健康编辑又打电话给专家，不到半个小时，搞定。

我忽然发现，在时尚类杂志做编辑，有一个很大的好处是，每一位编辑同事都很有用。时尚杂志引领着生活潮流，涉及生活的方方面面，我们的编辑同事，每人负责一块，在自己的领域里都是交游甚广，而且差不多能算半个专家。

健康编辑自不用说，需要找名医挂号，联系医院，她总能帮上忙——她日常接触的就是这些人。而且，她总是根据季节变化给大家提供各种养生方法，平时谁有个头疼脑热类的小毛病，她给个小偏方，差不多就能搞定。

身为一个热爱吃喝的人，我自然会喜欢美食编辑。北京有哪些好吃的馆子，价位怎么样，她全知道，甚至能直接告诉你交通路线图。你要愿意下厨洗手做羹汤，跟她就更有共同语言了，她对厨艺更有研究。不过神奇的事在于，她的身材倒是一直很好。好吃而不胖，实在让老饕们羡慕不已。

数码编辑也很强大。前一阵子我想换个笔记本，她问了一下我的心理价位和主要用途，然后就随手列了七八种最新的款式供我挑选。每种款式都说明特点、优劣，包括性价比、电池能用多久、机身是否容易发热、风扇是否有噪音、售后服务是否方便等。我现在写这篇文章，用的就是她推荐的笔记本。

我一直以为，美容编辑跟我是不搭界的。因为只有女人才需要研究睫毛膏眼线腮红唇彩……我一个臭男人，不需要每天在脸上涂涂抹抹。但是我错了。我的皮肤一直很油，也容易长痘痘。该美女看不过去了，主动推荐一款洗面奶给我，这种状况便有了明显改观。

服装编辑自然也是大家的着装指导。你得相信，专业的和不专业的，绝对不一样。即使是普通的几件衣服，廉价的几件饰品，经她巧手搭配后，马上就有了别样的效果。

很多人都羡慕人物编辑，因为她整天跟那些大牌明星打交道，看多了美女俊男——特别是俊男，更让这一帮“色女”同事两眼放光。她还经常应人之托，带明星签名回来，以至于我们建议她可以开辟第二职业：卖明星签名照。

写到这里，可能已经有人在好奇了：你呢？你又有什么用？说实话吧，身为情感编辑，我是真的没有什么太大的实用价值。除非是你的婚姻、情感出了什么问题，那倒可以找我做一些咨询——啊呸，这话说得太不吉利了，就此打住吧。

好工作不是面试来的

话说我曾经参加过一个面试，被问了诸多暗藏杀机、凶险无比的问题，诸如“你的上一份工作只做了不到一年，这份工作你准备做多久？”“如果你跟上司想法不一样，你会怎么做？”“你有哪些不利于工作的缺点？”……还好，由于我英明神武，又有充分准备，都一一做了妥善回答。面试完毕，忍不住向某前辈显摆我的智慧和口才，前辈听完，却只淡淡地说了一句：“好工作不是面试来的。”

真是微言大义啊。

那些含着金匙出生的，自然不需要面试也会有好的工作。我一位朋友的父亲是私企业主，他从一出生就注定要子承父业当老板，不乐意还不行。

多少有点人脉的，也往往用不着到处投简历，赶场子去面试。他们走的往往是“绿色通道”，靠熟人朋友推荐。同一个岗位，你是自己投简历巴巴地赶来的，他是内部员工介绍过来的，或者干脆就是某高管或 HR 的自己人，那么在实力相当的前提下，你能胜出的可能性几乎是零。在这时，面试只是走个过场罢了。

说好工作不是面试来的，还有一层意思是，面试时的那几分钟并不算太重要，重要的是你平时的积累。如果他有类似工作经验而你没有，他有过硬的证据可以证明自己的能力而你不能，他在这一行已经做出了名气有了江湖地位而你比他差得远，那么结局就是意料中的事，你面试时表现得再好，也没多大作用。

江湖传说，某人当年应聘某省晚报副刊编辑，其实学历和资历都不够格，但他有自己的秘密武器：一麻袋刊载有自己作品的样报样刊。他扛着这个麻袋闯进了招聘现场，报社副总编见了这等人才，当场拍板破格录取。不过后来我有机会向他当面求证时，他笑道，没有那么夸张，他只是带了几个在大报大刊发表文章的剪贴本，而自己也在那家晚报上发过不少文章，还开过专栏，副总对他也有印象而已。但不管怎么说吧，他这求职成功基本上就跟面试没有多大关系。他平时所写的那些文章证明了他的实力，才是胜出的主要原因。

对绝大多数出身一般的职场人来说，面试当然是很重要的，需要打起精神来应对。在面试时表现得好一点会为你加分，表现得差会被人减分，但这加分减分毕竟有限，考量你的还是最基础的得分。相对于面试，你平时的积累更为重要。你有没有一直努力提升自己让自己具备强大的实力，有没有广结善缘让人愿意帮助或是回报你，才是求职成功的关键。

卑微也是熬出来的

多年不曾联系的前前前同事，突然从 QQ 上冒出来，也不管我有没有兴趣，就自顾自地吐了半天槽。

吐槽内容，其实真没什么值得一提的。无非是单位里那些一地鸡毛：某领导一手遮天顺我者昌逆我者亡，某某人毫无工作能力但因为背景很硬所以一路高升，又有某某人跟领导“有一腿”就飞扬跋扈不可一世，而自己这类踏实苦干的人物总是怀才不遇，还要被人各种挤兑各种压迫动不动就训得跟个孙子似的……

当时我手边还有事在做，所以就只是偶尔扫上一眼，“嗯嗯啊啊”地应付着。手头事忙完，翻看一下聊天记录，忽然间有点恍惚，不知今夕是何年。这些陈腐的琐碎有种奇异的魔力，使我在瞬间以身代入，心情忽然间低落下来。

是的，那就是我曾经的工作，曾经的生活。一个底层小公务员，面对错综复杂的人际关系，收入低微，前途暗淡。曾经想靠个人的努力来改变现状，但每每到了加薪升职的关键时刻，有用的总是背景和后台，而不是业绩。为了“进步”，不得不学着卑躬屈膝，拍马送礼……这种生活现在想想都觉得恶心，而我，当初居然坚持了很多年！

前前前同事说：“我真是佩服你，公务员编制说不要就不要了，说走就走，现在混得也挺好。我是没办法了，只有熬着了。”

“那你也可以走啊。现在离开，也不算晚。”

不假思索地在对话框里打下这行字，要按发送键时，犹豫了一下，又默默地删除了。

对他说这些话能有用吗？他要是能离开早就离开了，何至于熬到现在？

单位纵有千般不好万般可恶，毕竟也还是行政事业机关，也还是颇有些好处的：稳定、清闲、体面，收入也算说得过去，还时不时有个饭局。这些东西，他舍得放弃吗？他愿意从头再来，从底层做起，努力打拼吗？答案无疑是否定的。既然如此，跟他说这些话，又有什么用呢？他在这种地方熬着，虽然心里不爽，却也是自己的选择，别人说什么都是白搭。

冯仑说，伟大是熬出来的。其实不只是伟大，卑微也是熬出来的。我认识的人里，有许多人都在“熬”，熬至伟大的却是凤毛麟角。

所谓“熬”，其实应该是选择后的坚持，是有目标的努力。有些东西值得你熬，有些东西却必须要放弃，而且是越早放弃越好。有些环境值得你熬下去，有些却必须要转身离开，才能成就自己的海阔天空。在值得做的事上熬下去，才能成就伟大。相反，做自己不喜欢、没有价值的事，却没有勇气离开，熬至最后，一定是卑微。

你是牛玉圃，他是万雪斋

《儒林外史》里有个职业“篾片”牛玉圃，到一个叫万雪斋的扬州盐商那里打秋风。用今天的话来说，万雪斋就是个暴发户土财主，是愿意跟文化人打交道以提升自己品位的。但是牛玉圃偏偏要在他面前提起程明卿，说这位程翁是自己“拜盟的好弟兄”，不日将到扬州“与雪翁叙一叙”。当下把个万雪斋气得两手冰凉，一句话也说不出来——原来这位雪翁曾经是程明卿的书童（也就是卖身给程家的奴才），后来做生意挣了点钱，才从程家赎的身。他最痛恨别人提起旧事，偏偏牛玉圃情报有误，把他的痛处当成痒处去挠，结局自然可想而知了。

之所以提到这个故事，是因为我的学妹也不幸做了一次牛玉圃。此人到一家公司面试，跟负责面试的女经理一见如见相谈甚欢，这本来是一件好事，但是当女经理无意中说到自己曾在某公司呆过时，学妹马上接上话茬：“啊，某公司啊，我知道我知道，副总经理是某某，对人很好，一直把我当妹妹看……”

话说我那师妹倒是真的见过那位副总的，但只是在一起吃过饭，交换过名片，寒暄过几句。牛玉圃说程明卿是自己“拜盟的好弟兄”是无中生有，师妹的“当妹妹看”则是夸大其词，但二者的手法和目的是一样的，即通过一个共同的熟人，拉近彼此的关系，这也就是传说中的“套磁”。在我们这个看重人情的社会里，这种手法原本是有用的。但是，你知道，总是会有些意外发生……

其实圈里人大都知道这位女经理和那位副总之间的前尘往事。两人原本职务相当，有过一段亲密关系——当然是地下恋情，因为公司不允许员工之间谈恋爱，如果被发现办公室恋情，必须有一方离职。后来公司有个高级管理岗位空缺，候选人有两个，恰恰就是这对地下恋人。女人就主动退出竞争，把这个机会让给了男人。但没想到的是，男人升职后，很快交了个新女友，不仅对她日益冷淡，还千方百计刁难她。最终，她只好伤心离开，重新开始。毕竟是蹉跎了几年，职场生涯也就不太顺利。如果她那次能把握住机会，起码也应该是个副总了，而现在，也不过是个部门经理而已。

有了这般恩怨，你说她对那位负心人的所谓妹妹会有什么感觉？师妹这次求职，自然是以失败而告终。

职场之中，各种关系错综复杂，你很难知道谁是谁的死党，谁又是谁的死敌。前有牛玉圃，后有小师妹，这教训都应该记取：在情况不明之时，交情还是不要乱套的好。

撞包

一次商务聚会后，Rose 回到写字间，却发现自己错拿了别人的包——也就是说她的包也被别人错拿走了。好在这个包里有对方的名片和身份证，赶快打电话过去，核实了双方身份后，约定某时到某地去交换过来。

一边烦恼，一边庆幸：当时一桌子人，有四个人拿一模一样的包，幸亏只是两个人之间互相拿错了，要是四个人都拿了别人的包，该有多麻烦?

在 CBD 这种地方，白领之间撞包算是寻常之事。尤其是高级白领，要用与自己身份相称的名牌包，但拿得出手的名牌也无非就是 LV、CUCCI、CHANEL 这么几个。有时你坐个电梯，就能见到几个 LV 包，真是有点吓人。

明星之间撞包也很常见，不过包毕竟不是衣服，撞包不像撞衫那么尴尬。我所知道的最尴尬的撞包事件，发生在某自由人朋友和一位当红明星之间。当时朋友受某杂志社委托去采访这位明星，随手拿了一只用降落伞布做的手袋包包——关于这种包，还有段历史渊源：当时战争结束，某国囤积了一批军用降落伞无处消化。后来有人灵机一动，就把降落伞改制成包包出售，轻便、结实、耐用且防水，大受市场欢迎。后来又开发出种种花色品种，也有了所谓名牌，但说到底，降落伞布只是尼龙制品，不是多么高档的东西。我朋友拿的这只，便是在淘宝网上买的 A 货，只花了 30 元。

到了采访现场，却发现那明星也拿了一只一模一样的包，把两只包放在一起比较，无论是品牌、大小、款式、图案还是做工，都毫无差别，根本分不清谁是谁的。区别只在价格，明星那只是从专卖店买的，花了 3000 多元。

那明星当场就要把自己的包送给我朋友——可以肯定的是，她从此都不会再用这包了，送出去也只是个顺水人情——但被我朋友给拒绝了。

我朋友是这样对我解释的：她要真送我一个价值 3000 元的包，我也不是不敢拿。反正我是一个自由人，算不上受贿。但问题是，那包明明只值 30 元，而且我已经有一个了，我何苦要去落一个 3000 元的人情？

最不怕撞包的，应该是《读库》的拥趸。当时老六设计了一款黑色读库包包赠送读者，很快被争抢一空。包括老六在内的许多人，都畅想过在书店或是地铁里遇到同样背着读库包的陌生人，然后可以借读库上前搭话。但直到如今，这种事情似乎还是没有成为现实，大家也只是在某些小众聚会时可以过一把撞包瘾罢了。原因是，这包只生产了 3000 个，而且分散到全国各地，能萍水相逢的机会太小太小了。如果背读库包的你遇到了另一个背读库包的陌生人，那是真值得写文纪念的。

大家爱秀水

同事说，她怀疑老板也用A货。因为她昨天在上班时间偷偷溜出去逛秀水，却在无意中发现一个熟悉的身影，定睛一看，原来是老板。当然，她不至于笨到在这个时间这种地方和老板打招呼，就悄悄地躲开了。还好，老板正逛得兴起，根本也没注意到她。

马上有另一位同事对此表示怀疑，理由是：老板那么有钱，犯得上买A货吗？老板经常要出席各种活动，用A货不担心被人发现吗？你能确定你在秀水见到的就是老板吗？万一那是一个跟老板长得一模一样的人呢？比如她失散多年的孪生妹妹（这人不去写小说可惜了，想象力够丰富的）？好吧，就算那是老板本人，也不一定就是她自己去买A货啊，很可能是陪亲戚朋友去啊。就算她买了A货也不一定自己用，说不定是拿来送人呢……

说了这么多，核心就是一句话：老板很有钱，不会用A货。言下之意是，只有我们这些外表光鲜囊中羞涩的小白领，才会用秀水货装点门面。

但我是很相信老板也用A货的。要说有钱，皇马那一帮人比老板有钱多了吧？索拉里、齐达内他们还不一样在秀水疯狂扫货？贝克汉姆一个人就买了20只A货欧米茄，打算回国送给亲朋好友。被人发现这种可能性是极小的，现在A货的仿真程度已经相当高了，不是专业人员，很难鉴别出是真品还是仿品。

伦敦某律师事务所研究发现，有钱人往往更容易购买奢侈品假货。因为第一，有钱人往往更能分清什么东西是实用的，什么东西只是用来撑门面。第二，他们的身份和地位已经到了用不着真货的程度，即使穿戴一身假名牌，别人也以为是真的。我同事坚决不肯相信老板用 A 货，也证明了这一点。

相反，如果你身贱位卑，就是拿了真品也会被人怀疑是假货。我一位朋友就有这样的惨痛经历。当时她刚参加工作，一个月不过两三千元，却还是节衣缩食买了个正品的 LV 包。但当她拿着那包出现在写字间时，却根本没有会人注意到，更别说收获想象中的艳羡了。后来终于有同事对这包表示惊奇："你这个包真像正品啊，是超 A？从哪买的？介绍给我也去买一个吧！"

名牌到底有什么用呢？有钱人不需要用名牌来证明自己，没钱人用名牌也证明不了自己。

所以，A 货大行其道，我们大家都爱秀水。

chapter 11

第十一章

跳槽不是万能药

跳槽不是万能药

一家小公司在微博上发了个招聘广告，我帮忙友情转发了一下，竟然很快收到一位朋友的私信，询问职位待遇之类。

恰好我对那家公司还算熟悉，就直接说："待遇不会太好，大概只有某某数目，恐怕不太适合你。"没想到，她竟然急切地说："这就行了，我这就投简历去，你也帮我打个招呼说句好话吧。"我当时就愣了一下，心说，又不是多好的工作，至于这么急切吗？接下来就看到她又新发来的私信："我失业快半年了，有点撑不住了。"

一时间有点感慨万千。

这位朋友我是知道的，在大学里就很优秀，毕业后考上了公务员。你想想考公务员的竞争有多厉害，就知道能考上是多不容易了。用百里挑一来形容，不算过分吧？没想到的是，她刚工作了半年，因为粗心大意，某次工作出了点纰漏，被领导当众批评，自己觉得很没面子，就提出辞职。家人和朋友苦劝不听，最终还是跳到了某广告公司做策划文案。

她以为，凭着自己的文字功底写这些东西是小菜一碟，没想到广告文案不同于公文写作，费了九牛二虎之力拿出来的东西总是通不过。好容易过了一段时间适应了，能拿出像样的东西了，主管也开始赏识她了，却又因为粗心出了差错：把未定稿交给制作公司制作，给公司造成了很大损失。当然，挨批受罚是免不了的。她又觉得伤了自尊，于是又辞了职。

后来我只知道她跳槽去了一家网络公司做编辑，我做过网编，知道这也不是什么太好的活儿，别的不说，加班加点是常态。而且也常听她抱怨说上司是个极品，我就估计这份工作她也做不长。果不其然，后来听说她又跳了一次槽，但她没主动说，我也就没再问她到底在做些什么。直到她找上门来，我才知道，她现在居然到了这般窘迫的地步。

其实这也是意料中的事。她每次跳槽，原因差不多都是一样的：粗心大意，又过于敏感，人际关系紧张，又爱面子，不能面对挫折和失败。跳槽对她来说，并不是为了更好的前途或是更好的工作，而是为了逃避。

我最终帮她搞定了那份工作。但在她去报道前，认真地对她说了这么一段话：跳槽不是万能药。只要身在职场，被上司批评就是免不了的，工作压力是免不了的，同事间的矛盾、冲突甚至倾轧也是免不了的。不要指望一跳槽就会万事大吉。如果是为了逃避这些而跳槽，那么在新的单位还会遇到这些老问题。冲动跳槽，常会陷入越跳越差、越差越跳的恶性循环。

她能不能听进去？这我就不知道了。

辞职两个字，怎么说出口

读《鹿鼎记》，最羡慕韦小宝的，不是他富可敌国，也不是他有七个漂亮的老婆，而是他决定撂挑子不干时，走得太干净利落了：假装遇害，直接人间蒸发，省了多少口舌纠纷！

即使到了现在，我身为资深跳槽犯，对辞职这件事已经有了极为丰富的经验，但每次准备开口炒了东家时，还是会觉得焦虑不已、惶恐不已——话说我认识一对男女，在一起数年，彼此都开始审美疲劳，甚至觉得对方面目可憎，但就是谁也不愿意主动开口说分手，就这样一年又一年凑合了下来。我很能理解他们，因为我每次辞职时的心情，和他们都是一样的。

说起来这是我的问题。我和每位东家相处得都还算融洽，领导对我的工作都还算认可，这样在要辞职时就更加难开口，竟然会心怀愧疚，好像是我对不起公司似的。

我就这样说服自己：公司之所以雇用你，乃是因为你可以为公司创造剩余价值。公司为你提供了就业机会，给你薪水，但你也为公司赚到了钱。这就是一个利益关系，你不欠公司什么，想走就走，不必愧疚。

但即便如此，每次决定辞职，都还是要拖至无可再拖，鼓起勇气，才能把辞职报告交上去。

我知道一个辞职的喜剧：

某人跳槽到新公司，待了半年，觉得满意度并不高。这时有了个更好的机会，他决定再次跳槽。但他是随现在的总监一起跳槽过来的，大家此前关系就很好，现在根本没办法开口辞职，而且就算辞了对方也一定会挽留。考虑再三，他做出了一个破釜沉舟的举动：发匿名邮件给总经理和人事经理举报自己使用假学历。公司对假学历十分敏感，马上彻查，然后给予开除处分，总监也回天无力。他就这样表面沮丧内心欢喜地离了职，又很快到新公司报道——那边才不管学历假不假呢，只要能干活就行！

我朋友遇到的是另一个喜剧。她决定离职，正考虑怎样向经理开口，经理却把她叫了去，面露难色，说了半天，意思是公司遇到了困难，需要裁员。但是考虑到裁员对员工影响不好，员工可主动离职，公司照送两个月薪水作为补偿。

她当天晚上就请我们吃了顿大餐，以分享她的幸福。

欲将离职比分手

我的一位朋友，在某公司待了三年，主管（女）一直很赏识她。工作之余，还会约了一起喝喝茶，逛逛街，形同闺蜜。

也正因为这样，在决定跳槽时，这位朋友很是犹豫了一番，觉得和主管私交很好，开口说要走人总是觉得有点愧疚。但是新公司离自己家很近，走路就可以上班，从此不必每天上班都要辛苦地挤公交换地铁在路上耗快两个小时；而且待遇和职位都很不错，职业发展前景也很好，这些都不是目前的这个小公司所能给的。考虑再三，最终还是决定辞职。

前面说了，她和主管形同闺蜜，所以辞职方式也很人性，不是简单粗暴地交上一纸辞呈就算完事，而是请了主管到自己家来吃饭，然后委婉地提出离职的意思。没想到，主管对此反应十分激烈，当时就变了脸色，说自己对她不薄，她这是背叛行为云云。最终自然是不欢而散。

事情闹到了这个份上，这位朋友也就没有了退路，只能硬着头皮交了辞呈。意料中的事，主管就是压着不肯签字。她也就只能等着。反正按《劳动法》规定，员工提出书面辞职，公司需在一个月内办完手续，也就是说，公司最多能拖上一个月呗。

但她没想到的是，就在这一个月期间，主管不仅对她冷面冷口，背地里还搞了不少小动作，到处说她的坏话。其实一个行业，圈子就是这么小，谁说了什么、做了什么，很快就会传到当事人的耳朵里。这样过了一个月，朋友离开这家公司时，与主管可谓恩断义绝，老死不相往来了……

相较而言，我的一位前同事遇上的，可能是世界上最好的主管。她提交了辞职报告时，主管马上找她谈话，中心思想是：公司马上要发季度奖，这个时候辞职损失有点大，不太合适。同时向她透露了一个内部消息，公司下个月要裁员，被裁的员工会补偿三个月的薪水，同时公司内部启动的仍然是员工主动离职的程序。也就是说，如果下家不是十分着急的话，多待十天左右，资金加补偿能多拿三四万元，并没任何损失，何乐而不为呢?

细究起来，这位主管可能多少有点慷公司之慨的嫌疑，但是，他所做的一切，都是在规则之内行事，并没有越界。而且，如果是你，遇上这么一个满心为你打算的主管，你会不会也满心欢喜，甚至感激涕零?

前同事对主管就是如此。作为回报，在公司待的最后一个多月仍然在努力干活，站好最后一班岗，各种交接也做得很细致，甚至有些根本不必交接的隐秘资源也都给了主管。离职后，原公司有什么事，还是会主动帮忙。其实细算下来，还是公司占便宜的。

有时候我会觉得，离职这种事，有点像爱人分手，最能考验双方的人格和品性。有人是死缠不放，撒泼打滚，相互伤害；有人就能理性对待，一别两宽，各生欢喜。离职也好，分手也好，能继续做朋友，甚至能继续合作是最好的，即使不能，也不必弄到反目成仇。

SOHO 是一种罪

有一段时间，我对上班的厌恶和痛恨已经到了无以复加的地步。每天早上醒来，想到要去上班，要在来回路上堵两三个小时，还要在写字楼的小格子里待八九个小时，就觉得人生灰暗，了无生趣。

那时手头有几个专栏，还做点杂七杂八的策划，不断有外快进项，倒也不比工资少，索性就辞了职，准备安心当 SOHO。

刚开始时感觉还是不错的。每天睡到自然醒，吃点东西，翻几页书，看个碟，上网到处瞎逛一气，跟 QQ 好友瞎贫几句，然后打开 WORD 文档，写点东西。看网上大家抱怨交通情况，吐槽办公室政治，幸福感和优越感便油然而生。

但是这样过了两三个月，就觉得完全不行了。

做 SOHO 不必在路上浪费时间，按理说应该更出活对吧？但事实却恰恰相反。SOHO 久了，做事越来越低效，经常是准备干活，磨叽了两个小时还没进入主题。以前上班时，见缝插针写稿，也没有拖过稿，现在专职“坐家”，却总要让编辑催了再催才能交货。算一算写作量，做 SOHO 专职写作这一段时间，还没有上班兼着时写得多。

更重要的问题还不是写作。不用上班后，整个人的生活都乱套了。以前朝九晚五，也就逼着自己生活规律：早上到点起床，晚上就不能太晚睡觉；每天三顿饭肯定是要吃的；就算再不锻炼，公交、地铁换乘也得走一段路吧。现在倒好，睡得越来越晚，起得越来越迟，早饭午饭合一是常事，经常在床上、沙发上一躺就是一天。

还有，我是个有轻度社交恐惧症的人，不上班就由着性子在家死宅，经常十天半月都不会见个活人。最终，我发现了一个真理：社会恐惧症患者也是社会人，也需要与他人交往。总在家宅着，脑子都锈住了，偶尔出去跟人见个面，感觉说话都不顺溜了。

宅了有四五个月吧，有一天上卫生间，无意中照了下镜子，把自己给吓着了——上班时你再不修边幅，每天出门也总要洗洗澡刮刮胡子换换衣服，而做 SOHO，一件睡衣穿上半个月、三五天不刮胡子都是常事。所以那天从镜子里看到的，就是一个头发蓬乱、胡子拉碴、面色苍白的胖子，裹着一件皱巴巴的睡衣，眼睛浮肿，神情阴郁，状如游魂。

而我，居然愣了好一阵子才反应过来，原来镜子里的这个家伙，就是自己。

就在那天，就在卫生间里的镜子前，我做出了一个艰难的决定：结束 SOHO 生涯，出去上班。

回到电脑前，开始跟熟人打招呼说我决定去上班，让大家帮我留意工作机会。半个月后，就去了某公司，重新开始朝九晚五。

SOHO 是一种罪。如果没有很强的自制能力和心理调节能力，还是踏踏实实上班，别做 SOHO 了。

你为什么跳槽

应该说在这个年头，跳槽已经是一种常态——还有几个人会把一份工打到天长地久地老天荒呢？能在一个公司里待上十年八年的已经算是稀有动物。我认识的人中颇有些一两年就换一份工作，堪称资深跳槽犯的——当然我也没有什么资格去批判人家，我自己，2007 年辞去公职加入北漂队伍，至今也换过五六份工作，其中最长的不过两年，最短的不到一周……好吧，我的意思是，对跳槽这件事，我是极有理论和实践经验（包括正面的和负面）的，很有发言权的。

在我看来，跳槽不是问题，为什么跳槽才是问题。

每个人在决定跳槽前，都应该问自己一个问题：到底为什么而跳槽？

答案可能有许多。但我以为，正确答案无非下面几种：

1. 更高的收入。

2. 更高的职务。

3. 更好的发展前景。

4. 符合自己的兴趣爱好。

5. 更好的生活。

如果是前三种，那就要对新的公司、职位、薪水等进行综合考量，看是否符合自己的要求和职业规划，是否有更好的前景。曾有人为了职务升半格以及每个月多两千元薪水跳槽，却发现与原公司相比，新公司平台太小，很难施展；新公司是个家族式企业，虽然职务提升，职权范围却变小了，处处掣肘，做什么都不顺手；最关键的问题是，新公司几乎没有什么上升空间。这样比较，不如不跳。

如果是为了兴趣爱好而跳槽，要考虑是否有足够的物质条件长期支撑自己的兴趣。理想主义者也需要交房租、需要吃饭才能生存下去。如果你做一份自己喜欢的工作，但是薪水太低，入不敷出，恐怕也很难长久。

至于“更好的生活”，就要看你自己的定义了。有人不想挤公交车堵在路上，希望溜达着就能去上班，那就换个离家近点的公司好了；有人想工作轻松点，好有时间干点私活照顾下家庭，那就不适合在创业型公司待着；还有人不喜欢打卡，那就换个工作时间比较有弹性的工作。

最关键的问题是，你要明白自己想要的是什么，能放弃的是什么，不能奢望鱼与熊掌兼得。

你为什么跳槽？如果答案不在这五个里面，我的建议是，谋定而后动，三思而后行。

离了谁地球都照样转

一位朋友跟我诉苦，说工作太累，经常加班，收入与付出不成正比，快要撑不下去了。我说那你就辞职吧，以你的资历和能力，找家更好的公司待着不是什么难事。她竟然来了句，可是公司离不开我啊，大老板对我一直很满意，说我这个岗位很重要，很少有人能够做好。我要走了是会影响公司正常运转的……

这番话听得我是，长太息以掩涕兮，哀人类之多愚。叹息过后，给她讲了这样一段往事。

差不多十年前吧，我还在体制内做小职员，因为种种不如意，就想离开当时的单位，择新枝而栖。其实这可能都不算是严格意义上的跳槽，只是在体制内部调动罢了。我先找好了接收单位，然后去向单位领导汇报，说我想调动工作。结果领导对我说了一番话，就把我给打动了。

你可能已经猜出来了，我领导的那番话，与朋友老板的话如出一辙，中心思想就是：这个岗位很重要，我做得很出色，换了谁都不容易做好，都会影响到单位的工作。为大局考虑，还是不要调动了。

几乎是在一瞬间，我就被领导说服了——几年后，我开始对心理学感兴趣，读了马斯洛，才对自己当时的行为做出了合理的解释。按照马斯洛的理论，人类的需求分为五种，即生理需求、安全需求、社交需求、尊重需求和自我实现需求，这五种需要是分层次的，由低到高排列。领导这番话显然满足了我的尊重需求，而尊重需要在五大需求中，处于很高的层次，仅次于自我实现需求。以我对那位领导的熟悉程度，他肯定没读过马斯洛，但毫无疑问，他也是洞悉人性的高手啊。

不过一段时间后，我还是离开了。因为最终的事实证明，在那样的环境中，你再努力再优秀也没有用，到了关键的时候还是要看背景和后台。既然如此，何必还要在那里耗着呢……

据说某人跟前女友分手十年，还是经常会去偷窥她的QQ空间和微博。我很能理解他的心态。因为我离职后，也经常有意无意地关注原单位的情况。由前同事那里得知，我原先负责的工作被分拆成四份，由四位同事分别负责，他们竟然还叫苦连天！

我当时的心态相当复杂，既有不安、愧疚，却也不无快感：让你们任人唯亲任人唯权！白白错过了我这样优秀的人才！但是，随着时间推移，我也慢慢有点失望了：单位的各项工作正常运行，并没有因为我的离开而受到什么影响。

我对这位朋友说，千万不要以为自己对单位有多么重要多么不可或缺。以我对你的了解，你的确是很出色，但是你也要明白一点，老板对你的赞许，多半也是一种高明的激励手段，没有实际成本，惠而不费。地球离了谁，都会照样转。你也是跳过槽的人，以前的公司，有没有因为你离职而关张大吉？既然你现在做得很不爽，那就别纠结了，找个合适的，赶快跳吧。

笨人坚持到最后

前同事到了最后，难免会成为朋友。

出差到某城，一个电话，马上攒了个饭局，各位前同事从四面八方聚到一起。甚至有一位在外地出差，也“打飞的”赶回来的。

有意思的是，这几位前同事，也都跟我一样，先后离开了原来的公司，有了更好的或是更合适的工作。基本上，大家都升了职，加了薪，都有点小小的春风得意。这貌似是巧合，其实也是顺理成章之事。当时做同事，这几位也都有类似的特点：聪明、优秀、勤奋、业绩突出，有点小小的骄傲，在上司眼里难免有点桀骜不驯不太容易管理。结局自然是，被迫或主动跳槽，从此成就了自己的海阔天空。

难免会说起前东家的事——前同事聚会，臧否前东家，乃主要议题之一，也是人生快乐之本。

说到某某，大家一起笑：他当然还在原公司啊，原地不动。那个笨人，好不容易有个像样的工作，还不死守着，哪里敢跳槽？再说，他就是想跳，又有哪里会要他？

又说到另一个某某：他倒是升职了，因为我们都走了嘛，他的资历是最老的，排排坐吃果果也该轮到他了。当时那个职位竞争够激烈的，但大家都没把他当成竞争对手，因为他也是个笨人，根本没有什么能力。没想到，最后大家都走了，倒是让他捡了个便宜啊。

忽然想到，笨人坚持到最后，也可谓是职场的常态了。因为聪明人、能干的人难免有点恃才傲物，而且他们也的确会有很多机会和选择，在一个地方呆得不爽了就会考虑跳槽。而笨人因为笨，没别的可选，只能坚持下去——某人经常被老板骂得狗血淋头，骂到哭，照样情比金坚地不离不弃，原因就是她笨，根本没有更好的选择。

这也真有点黑色幽默的味道：笨人坚持到最后，把那些聪明人都给耗走了，他也就地位稳固甚至能顺利上位了。笑到最后的，竟然不是所谓的聪明人，而是笨人。还好我们这几位自以为是的聪明人混得也都还算不错，否则就真该骂老天不公了。

或者我们应该从另一个角度来分析问题：坚持，其实也应该算是一种可贵的品质。相对于笨人而言，聪明人缺少的就是这种品质。其实不乏这样的案例：笨人在一个公司坚持 10 年，成为骨干，甚至进入领导层，而那些比他聪明的人，跳了 N 次槽，有跳得好的，但也有些还在底层混着呢。

那么到底该不该坚持下去呢？这还真的很难回答。大概只能这么说，看你值不值得坚持。如果公司前景不错，那就不要为一时得失意气用事随便跳槽。笨人可以靠坚持就能修成正果，如果聪明人也能坚持下去，前途应该是一片光明的吧？

跳吧跳吧，越跳越好了

大枣最近很不爽。

她在公司待了三年，工作兢兢业业，业绩也不错，却一直没有涨过工资。多次跟老板暗示明示，老板才很不痛快地加了500元。可是上个月，公司业务范围拓展，人手紧缺，老板从另一家公司挖来了个新人，跟大枣做同样的工作。大枣私下里一打听，新人的薪水，竟然足足比自己高了3000元！

其实这种情况也算正常。在很多公司，都会存在这种情况：新进员工的薪水高过老员工。原因可能是，老员工入职时的行价偏低，现在招新员工，行价已经上去了，就不得不开更高的薪水。也就是说，大枣现在已经应该有更高的身价，只是一直被老板压榨罢了。另一个原因则可能是，做生不如做熟，无论是谁，在一个地方待久了，各种关系都理顺了，做事驾轻就熟不费太大力气，这时候要想让他跳槽，自然需要足够的诱惑。在大枣的老板看来，大枣这个岗位可能就值那么多钱，但是他急需人手，就不得不以高薪挖人。

但不管怎么说吧，作为老员工遇到这种情况，总是有理由不舒服的。换了我也是一样。所以我给大枣出的主意是：要么理直气壮要求老板加薪，要么留意新机会准备跳槽——当然也可以先要求加薪，未遂再另谋高就。

不过，我也谨慎地告诉大枣：你最好了解一下行情，结合自己的能力，做综合评估。另外，上赶着不是好买卖，如果想有更理想的薪水，自己主动求职可能就不如待价而沽，让人来挖。

通常来说，如果你有能力有业绩，但因为种种原因，短期内很难有好的职场前景，相对比较好的解决办法就只能是跳槽了。庙太小，不好容下大神，换个大点的庙，职务和薪水问题可能就都解决了。

我甚至知道一个极端的例子：

某人在甲公司到了职场瓶颈期，遂跳槽至乙公司；两年后又遇到同样情况，果断跳至丙公司；当然，这两次跳都是既升职又加薪的。最狗血的结局是，一年后，他又跳回甲公司，同样升职加薪。这三年时间，他在甲公司的前同事基本原地不动，他却是连升三级，薪水也几乎是原来的三倍。

如果他没有跳槽呢？大概，也只能是，泯然众人矣。

不过还是得强调一点，所谓越跳越好，其实是建立在自己有足够能力的基础之上的，而且也要有一点机缘巧合。越跳越差的人，也有不少啊。

想要的和无法忍受的

桃子说自己已经离职，转行到某杂志做编辑。乍一听这个消息，我很是吃了一惊。她原本在某跨国企业做 PR（公关），不过短短几年间，便由普通职员到 PR 经理到副总监一路升迁，前途不可限量。前不久听她说可能要跳槽，我还以为她会去更大的平台，会有更高的职位，却没想到她居然会去做杂志编辑。而且那家杂志我是知道的，别的不说，只说薪水，大概只有做 PR 时的三分之一吧。通常来说，跳槽都是往更高处跳的，桃子却要往低处跳，多少有点奇怪吧？

但是桃子自己另有计较：做 PR，压力太大了。永远没有正常上下班和节假日的概念，加班很正常，不加班才不正常。经常要在各个城市间飞来飞去，今天在上海，明天在北京，后天可能就到了广州，大后天又可能去了纽约。手机永远 24 小时保持开机，因为随时可能有突发情况。深夜来电太正常了，有几次甚至是在跟男友亲热时老板打电话过来，然后推开男友翻身下床穿好衣服飞奔至公司。平时要跟各路人马打交道，求爷爷告奶奶请吃饭陪喝酒是常事，搞得跟自己家人吃顿饭倒是奢侈了。几年下来，自己喝酒喝到胃溃疡，累到内分泌失调经常头疼，男朋友也分手了，何苦来哉？

桃子说，如果自己继续做 PR，无论是待在现在这个公司还是换一家公司，都可以肯定会有更好的前途。而且，自己其实也想要更多的职权和更高的收入，这些不仅是实实在在的利益，更代表着自我价值的实现。但是，要想得到更多，就得付出更多，而目前的这一切，自己已经完全无法忍受了。转行去做杂志，也是经过反复考虑的：杂志编辑比较自由，基本不用坐班，只要在规定时间交稿就行。当然杂志编辑收入要少一大截，但这也是必须接受的：两害相权，只能取其轻啊。

应该说像桃子这样跳槽的，并非是绝无仅有。起码在我，也曾因同样的理由而跳过槽——朝九晚五天天打卡实在是太痛苦了，无论如何，我都不要再过这样的生活。而另一位朋友跳槽的理由则是，自己不愿意每天挤地铁换公交，在上下班路上消耗三四个小时。换个步行二十来分钟即能到公司的工作，收入少点，也心甘情愿。

到了现在，我已经越来越明白：相对于我们想要的，那些我们无法忍受的而更能决定我们的选择。逃避痛苦是比追求幸福更强大的动力。当电梯停电时，你大概不会愿意爬 17 层楼梯去楼下吃你所喜欢的甜点；但如果大楼失火，我打一万块钱的赌，你一定会想都不想，顺着楼梯一路狂奔。

谁知道呢，我们所做出的一切努力，到底是为了追求幸福，还是——只不过是，为了解除痛苦？或者，世间本无幸福，能够去除痛苦就是幸福？

好吧，再谈下去就是哲学而非跳槽话题了，就此打住吧。

户口是个大问题

在帝都，户口是个大问题——或者更准确地表述，没有北京户口，是个大问题。

户口如此傲娇，引无数英雄尽折腰。为了这个该死的户口，大家可谓是八仙过海，各显神通。有人去北京周边的天津、河北买房子，为的是买房可以带户口，子女能够有书读——我认识的人里面，有许多人都在这样做；有人直接花钱把孩子送到国外读书；还有人，毕业求职时，直接选择可以解决北京户口的单位（通常是有国企性质的），从此就可以一劳永逸了。

不过也很难说这是福是祸。因为愿意（以及能够）解决户口问题的公司，肯定会在合同里要求你必须为公司服务若干年限，这个若干通常是很长的；如果你想另谋高就，对不起，需缴纳高额违约金。

蛋挞的情况就是这样的。当时公司跟她签了十年合同，工作到第六年，她有了个新的工作机会，薪水增加 50%，而且也会有更好的发展前景。但是，她认真研究了一下和现东家的合同，马上就头大如斗。

因为违约，她需要给公司赔偿金，数额之高，令人咋舌：把之前公司发给她的所有薪水全部还给公司都不够，还得倒贴。

如果现在跳槽，这笔违约金拿得肉疼，而且手里也没有那么多钱；如果不跳呢，又担心会错过机会，影响个人发展前景。蛋挞开始像哈姆雷特一样思考：

跳，还是不跳？这是个问题。

而在薯条眼里，蛋挞这种情况已经算是幸福。薯条是蛋挞的同学，当年颇瞧不上蛋挞，觉得户口是浮云，不被户口牵绊，会有更多选择机会。事实也的确如此，她找到了称心如意的工作，又跳了两次槽，月薪是蛋挞的两倍多。但是这又能如何呢？结了婚生了孩子又要头疼孩子的上学问题……

就在上个月，薯条做出了一个艰难的决定：离开帝都，回老家找了份工作。

她再也不用为户口问题而纠结了。

就是不准你辞职

上午 10 点 30 分，老板来到公司，进了自己的办公室。10 分钟后，我敲了她的门，然后把一张辞职报告交给了她。

她显然很意外，却仍不失优雅："真的决定要走？再考虑一下？薪水可以商量。"

我摇了摇头。

她叹了口气："好吧，你跟小刘做下工作交接。中午我已经约了客户，不好推掉。下午一起吃顿饭吧。"

这是我经历过的速度最快的一次辞职。如果不算到晚饭时的等待时间，从提出辞职到得到批准，整个过程不超过五分钟。

当然，这是一家小公司，员工不多，各种手续也都很简单，辞呈可以直接交到老板手里，马上就能做决定。换家架构复杂的大公司，十天半月能走完流程就谢天谢地。

但同样是小公司，菜菜提出辞职后，就被老板拖了一个多月，才很不痛快地签了字。而菜菜当时在该公司已经没有什么正事可做，新公司又急着让她去入职，老板就是不签字，没有任何理由。而这位老板还是位堂堂须眉。每念及此，我就不由自主在心里向我那位前美女老板挑起大拇指：姑娘，你真是条汉子！

话说像菜菜老板那样的极品还真不少见：哪怕你是铁了心想

走，我也不批准你辞职，能拖你一天就拖你一天。这让我真是理解不能啊。

以我丰富的跳槽经验来看，离职这种事，犹如男女分手，最宜快刀斩乱麻，一别两宽方可各生欢喜，最忌拖泥带水横生枝节。员工离职，无论原因是另有高就还是对公司不够满意，只要是铁了心要走的，都不应该再拖延，而应该尽快办妥离职手续，恭送他走人大吉。

须知，从提交辞呈到正式离职，这是他最不肯干活，也最容易惹是生非的时期。其他不论，就说他在公司里无所事事晃来晃去就足够碍眼，他要再利用抽烟时间吃饭时间跟同事谈谈自己的新规划吐槽公司的各种积弊（这简直是一定的），更是动摇军心影响安定团结大局。

我不惮用最坏的恶意来揣摩那些“就是不准你辞职”的老板的心态：一旦批准你离职了，你就不再是我的员工了，我就管不了你了。只要我一天没签字，我就还能管你一天。你辞职是对我的背叛，我就要拖着你，能把你的下家拖黄了我才高兴呢……

这些揣测，应该是“虽不中亦不远矣”。上面提到的菜菜，就这样生生被拖黄了一份心仪的新工作。可以想象她对原东家的愤怒。后来菜菜去了某门户网站做编辑，恰好原东家出了一条负面新闻，她马上把此新闻推到首页重要位置，马上成为热点话题，弄得原公司焦头烂额。

这当然是在公报私仇，算是职业道德有亏。但是也不妨想一下，如果当时辞职时，原东家没有刁难，她现在也会低调处理吧？

我只能送给菜菜原东家两个字：活该。

嫌麻烦，别辞职

有时候觉得不爽，想跳个槽，想想离职时的麻烦事，也就断了念头了。

你差不多是空着手来公司入职的，到离职时，却发现竟然有一大堆东西需要带走：笔筒、耳机、喝水的杯子、茶叶盒、零食罐、各种充电器、好几盆绿植、四五个名片夹、一大堆书籍杂志，甚至还有拖鞋、外套、毛毯、加湿器、躺椅、握力器……这些东西都是你日积月累攒下来的。平时零零碎碎往公司带没觉得多，到走时，这一通收拾就够让人抓狂了。话说我从某公司离职时，个人物品竟然打包了六七个箱子，堪比小型的搬家了。

与公司的各种交接也让人头大。手头负责的工作要有个收尾，跟后任一项项交代清楚；公司配给的办公用品，大至电脑，小至订书机，都要全部交还；财务往来当然更不用说，分毫不能错；还有，要写离职申请，小公司还好些，可能老板直接签个字就算了，若是大公司，其复杂程度，有时会远远超过人类的想象。

话说我曾经待过的某公司，总公司是做 IT 的，而且在外地，所以绝大部分沟通都是通过网络进行。总公司自有牛人，设计出了一系列的程序流程，事无巨细，基本都可以通过电脑处理。辞职当然也是。你只需进入相关网页，按标准提交辞呈，然后在申批链里的相关人等看到后就会依次批复，所有批复都会自动生成通知邮件发送到你的工作邮箱，你可以随时掌握进度。

看上去挺科学是吧？但是，我的提交辞呈流程走了三遍，第一次系统升级，第二次是升级后的流程少了一个重要部门，直到第三次才算走完了进度。

总算是结束了。我长出一口气，去找 HR 做最后的交接。她同情地看了我一眼，从打印机里拿出一沓纸，说：“这个，还需要你填一下。”

那是我此生见过的最详细烦琐的离职问卷，包括离职原因、对公司的意见建议、今后个人发展方向、如果有机会是否还愿意重新为公司效力、对主管的评价等等，大概有六七十个问题，二十多页。尽管我已经各种对付，也还是用了一个多小时才算填完。

揉着酸痛的手腕，我对 HR 哀号道：“您倒是早告诉我辞职有这么麻烦啊，说不定，我就不辞职了……”

你给主管打几分

离职调查问卷最后一个问题：

你给你的部门主管打几分？对他有什么意见和建议？

对着这个问题，我犹豫了很长时间——几乎相当于填写前面所有问题的时间。

而这个离职调查问卷，是厚厚的一沓打印纸，共有六七十个问题吧。

其实答案是现成的：不及格。建议总公司开了他。

记不清是谁说的了：你会因为公司的名声而入职，又会因为主管的混蛋而离职。

诚如斯言。

那时我所在的，确实是赫赫有名的大公司，只是我不方便说出具体的名称来。我也确实是奔着公司的名头去的，待遇偏低都没有怨言。而我之所以离开，也确实是因为遇上了一个让我无法忍受的主管——不只是我无法忍受，而是绝大多数人都无法忍受。具体的不细说了，只说一个事实：这个部门成立三年，员工能做满一年的都极少。在我离职时，甚至我带的实习生，在公司不过六个月，还没能转正，都算是老资历了。一个部门离职率高到这种程度，主管真可谓是一朵奇葩了。

刚才说过，我所在的是家大公司，能人不少，颇有一些精巧、高妙的管理方法。离职时要填调查问卷就是其中一项。这个调查问卷并不交给分公司的 CEO，而是直接交到总公司的 HR 主管手里，总公司借此了解分公司存在的问题，并做出相关处理。如上面评价主管这一项，如果离职员工给主管打分很低，总公司 HR 就会直接训诫主管；如果多位离职员工都给出了很低的分数，并且有确凿证据，那么该主管就会被扣发年终奖，以及降薪、降职直至开除，甚至，还会连累到分公司的 CEO——看看你用的都是什么人？怎么每个人对他都有意见？

话说我当时犹豫了很久，还是给那个我极度痛恨、极度瞧不上的部门主管打了个 80 分，在意见建议栏写了个“无”字。

我是这么想的：既然已经决定要走了，还是与人为善好了，没必要再去得罪谁。山不转水转，谁知道哪天大家会不会再到一个锅里搅稀稠？何况，我给这个奇葩主管打个不及格，其实是连老总也一起牵连进去了。而事实上，我对老总，还是比较仰慕的……那就这么应付过去吧，反正离职的人有很多，少我一个人给差评也没关系……

现在我从那公司离职，已经很多年了。那天跟前同事（也都先后离了职）聚会，聊起前东家的事，得知那位人神共愤的主管还是好端端地在那个位置上待着，而部门员工还是走马灯似的换，现在几乎已经没有我认识的人了。然后大家就互相打量，问：“你当时给她打了多少分？”

答案，你已经猜到了。大家想的跟我都一样，所以，也就没人给他差评……

换岗吧，别辞职

“你看这样好不好：你别辞职了，内部转岗到 ×× 部门好不好？他那边正需要你这样有能力的人。我可以替你跟那边谈一下，给你加薪。你现在的薪水的确是太低了点，到那边，能加 50% 吧。”

柚子有点不大相信自己的耳朵。

内部转岗？加薪 50% ？而且，在自己递交了辞职报告之后？

如果说这话的人是公司的大老板，那还可以理解；但在柚子面前的，分明是自己部门的主管。

“她有毛病吧？”我问。

柚子点了点头：“嗯，我当时跟你一样，也是这样想的。”

话说柚子这个主管，我是知道的。柚子已经多次向我抱怨过，此人，完全是个极品。做事可谓一塌糊涂，最擅长压榨员工：动不动就要员工加班，还不给加班费！招新员工时，一定会拼命往下压价；等你入了职，无论做得再好，一定不肯给你加薪。以至她这个部门，员工整体薪酬远远低于公司其他部门。

“图什么呢？省下来的钱也是公司的，难道能落到自己口袋里？”我曾大惑不解地问。

柚子白了我一眼：“你呀，还说自己是职场老油条呢，怎么这么天真！给我们的钱少，部门运营成本自然就低，这也算是她的业绩。她业绩好，自己自然拿得多。这你都想不明白？”

不过这样一来，直接的后果就是：大家都没什么积极性，更别谈忠诚性——换了你也一样。如果你价值8000，拿到手的却只有5000，而且根本没有加薪的可能，你肯定也不想努力工作，肯定也经常问候主管的祖宗八代，肯定有机会就想跳槽。

这都是人之常情。所以，柚子这个部门，人员流动性一直是很大的。甚至能待上一年的，都算是老员工了。柚子竟然熬了两年才辞职，已经让人很佩服了。

柚子交了辞职报告后，主管找她谈话，主题就是开头所说的：不要辞职，内部转岗，加薪50%。

这太出人意料了。柚子一时不知道该怎么应对，只好说自己回头考虑一下。

柚子主管却十分积极，已经主动联系了××部门。那边的主管很快找柚子谈话，很爽快，直接承诺加薪50%，岗位责任之类也都很合适。

很久以后，柚子在新部门已经如鱼得水，跟新部门主管也混成了姐妹，这才知道了当初主管要她转岗的原因：

公司对某个部门的离职率是有考核指标的，超过了某个数字，主管就要受训诫以及扣奖金。柚子当时恰巧是在那个临界点上。至于加薪50%，也是新主管主动提出来的：“能干的人，自然要给相应的薪酬。像她那样，谁都做不长，最后只会把自己搞死。”

说这话时，已经是柚子到新部门的第二年。就在这一年，她的原部门主管终于还是因为员工离职率过高，被扣了年终奖金。

我为什么不跳槽

某知名杂志主编，忽然在微博上发了条私信给我："我这里要招编辑部主任，你有没有兴趣？"

好奇心起，马上跟她约了时间见面，其实主要是为了问一个问题："您为什么会想挖我过来？"

因为我跟这位主编此前并没有什么交往，只是在微博上互相关注，遇上感兴趣的会转发一下。而且那是一本很专业的心理杂志，我现在虽然也在做媒体，却是专业的出版报纸，与心理隔着十万八千里呢。而她居然想挖我过去——为什么呢？

主编的回答是："我看过你做的一些策划，还有你在微博上做的一些创新推广，觉得这正是我们想要的。有策划能力和创新意识就够了，有没有做过杂志的经验、有没有专业背景之类的，倒是无所谓的。"

呃，我倒是做过杂志编辑的，也一直对心理学很关注。知道了这些，主编就更感兴趣了："真是很合适呢。怎么样？你要不要考虑过来？我们这边也不需要坐班，一周来开一次会就行。薪酬……应该也能让你满意吧，要不，你先说个期望值？"

不过我最终并没有谈薪酬，因为我没准备跳槽，这个问题就没有什么意义。我对她说了这样一番话："心理学的确是我很感兴趣的一个领域，贵刊也是国内最好的心理学杂志，您邀我过来，这是我的荣幸。不过，实在是不太凑巧。如果在半年前有这个机会，我肯定会马上过来，但是现在，我还没有换工作的打算。”

这些都是真心话。事实上，我前些年曾经特别想到这家杂志工作，还曾托熟人打听过相关情况，只是我的学历、专业等各方面条件都不符合要求，只好遗憾作罢。主编直接向我伸出橄榄枝，对我真是意外之喜。而我居然拒绝，原因是，我目前的工作，也是我所感兴趣的，而且正渐入佳境，我做的一些策划，持续受到业内的关注和好评。我自己也是写作者，对出版业进行梳理和分析，对于自己的写作也很有帮助。

用心理学的术语来说，这就是一个双趋冲突（Approach-approach conflict）：两个目标都是自己想实现的，但一个目标的实现会使另一个目标无法实现，你必须做出自己的选择。其实选择也是放弃，你选择了甲，自然就放弃了乙，无论怎么选都是遗憾。

我选择了留下而非跳槽。而如果这个机会是在半年前，我会毫不犹豫地选择跳槽。因为那时，我还没有找到把工作做好的方法，觉得自己不受重视，很没成就感。这时有更好的机会，没有理由还赖着不走啊。

而对新的诱惑，为什么不做出新的选择？因为已有的，是让你自己满意的、喜欢的、有成就感的。说到底，跳槽往往不是因为外因，而是因为内因：你对目前这份工作，已经厌倦了，没有兴趣了。

万有文化
岂止于书